探宝记

祁又一 著

图书在版编目(CIP)数据

探宝记 / 祁又一著. — 北京 : 北京燕山出版社,
2013.1
ISBN 978-7-5402-3020-3

Ⅰ. ①探… Ⅱ. ①祁… Ⅲ. ①长篇小说–中国–当代
Ⅳ. ①I247.5

中国版本图书馆CIP数据核字(2012)第307201号

探宝记

作　　者　祁又一
策划编辑　王然　岳阳
责任编辑　王然
营销编辑　王迪
数字编辑　张皓　王秋颖
封面设计　Arose Alusell
内文设计　Arose Alusell
封面及内页插画　擦主席
内文排版　佳誉
出版发行　北京燕山出版社有限公司
地　　址　北京西城区陶然亭路53号
联系电话　010-65240236（发行）
经　　销　新华书店
印　　刷　中煤涿州制图印刷厂北京分厂
开　　本　710×1000mm　1/16
印　　张　16
字　　数　180千字
版次印次　2013 年 1 月第一版　2013 年 1 月第一次印刷
标准书号　ISBN 978-7-5402-3020-3
定　　价　29.80元

很久以前，有个美国人不是说过那么句话吗：**“永远年轻，永远热泪盈眶。”**许多年来，那对我来说一直是一句真理，我不能太早否定我的过去，所以我希望青春能在我身上停留得尽量久一些。

永远年轻，永远热泪盈眶 ——

劝我前媳妇去榛子村之前我就一直在想，我的青春期究竟是什么时候过去的？真的是因为她离我而去吗？当然它会是个缓慢的、不易被察觉的过程，病来如山倒，病去若抽丝，把这话里的“病”字换成青春期大概也合适。

自从那场大雨中的争吵像倾覆小船的最后一根稻草那样倾覆了我们的关系之后，我一夜之间发现青春已逝，最坏的可能性终于变成最坏的结果。而更令人沮丧的是，在“变坏”这个意义上没有最坏只有更坏。我之前是个乐观的青年，那年秋天许多莫名其妙的压力加诸于身上，焦虑感让我透不过气来，到她离我而去，青春年少的本人终于体会到生活的滋味其实是苦的。同时，我还认识到之前所尝到的愉快和甜蜜其实都是运气而非理所应当，由此我变得悲观了。每每夜深人静之时，对着明月哀嚎，走在大街上，四处寻找她的身影。

“好吧，是不是因为小勇？”

“你真可笑，我告诉你，我和这个人一点儿关系也没有。”

“那到底因为什么？”

“你是一个自以为是的失败者，一个真正的失败者，以前你不是这样的，我看着你一步一步变成今天的样子，难道你没发现你的朋友特别少吗?!”

“可我对你不是这样啊，我给了你所有我能给的一切……”

“你对我的帮助我十万分感谢，但你能不能别总拿这个当什么筹码。”

“我求你个事儿吧，你现在就把你想跟我说的话——想抱怨的、想骂我的随便什么，写封信给我，至少让我知道你在想什么，让我明白我该怎么做。”

“我没有什么想说的，你自己去瞎琢磨吧。”

“跟你说，找谁也别找小勇，你懂吗？别——找——小——勇。”

“我跟你说，你这样说话太可笑了!”

然后，我去找朋友们抱怨，没人相信我前媳妇离开我的原因是小勇。毕竟小勇是个著名乐队的著名乐手，而我是个著名媒体的著名乐评人，每天抬头不见低头见，无论工作还是生活都需要互相帮忙。更何况小勇有一个长达十年的发妻，我们在一桌吃过饭，而我前媳妇只不过是采访过小勇两次而已，这是不可能的。

我的朋友们都劝我：“你是男人，还是多从自己身上找原因吧。”

我从自身找原因，但却发现自己是一个如此不善于自我批评的人，以至于只要一反省就觉得呼吸困难。

事发没几天，我专门找小勇聊了一次，主要聊的是工作上的事，最近乐队的安排、计划什么的，一边儿聊我一边儿小心注意观察他的反应。我提出帮他去找一个海外巡演的赞助，小勇坦然接受了。我心里松了一口气，我知道小勇心里肯定没有我前媳妇的位置，只要我前媳妇没有看上别人，我还是有机会的。小勇是个非常有才华的人，从他们乐队组建之初默默无闻之际我就开始关注他们，四处鼓吹，乐队的头几次专场全是我牵线搭桥办的。他们最近一张唱片非常出色，我和我前媳妇都很喜欢。

但其实，严格意义说来，我自己觉得我对朋友还是可以的，谁有个什么事儿如果我能出上力的，我肯定会帮忙，这真不是自夸，事实就是如此。那么，她为什么就非说我人缘差了呢？这确实是活见鬼了。

每个人都会有一个一直想要到达的地方，也可以把它说成是梦想，至于真的到达之后会怎样，那就是另外一回事了。

像我们这一代独生子女，从小就缺少与同伴长时间相处相知的机会，生活的坐标中往往缺少一个他者，不知道与人交往的正确方式，这倒不是自私，只是由于种种原因，我属于这里面特别严重的。

除了父母，我和她在一起相处并相知的时间最久，我琢磨了很久，自己为什么那么迷恋她，仅仅是因为惯性？广义之爱带来的心情放松？好像都不是，或是因为她让我觉得舒适吧？没有针锋相对，也没有恨铁不成钢，只是她在我犯傻或者触犯到她的时候，她都忍了，没有立刻爆发。但我清楚她骨子里绝不是个有谦让精神的人，她对我的逢迎和屈就，让我经常觉得与她的那种爱就是我生活中与他人一起建立的唯一坐标。一旦它忽然偏离，我就会觉得梦想在变形、在坍塌。

话说分手过了两天，她来我们的房子拿她的东西。我把这当是挽回她的最后机会，洗扫了房间，还准备了好茶叶，硬拉着她坐在沙发另一侧聊天。我自己都忘了是怎么说服她最后"嘿咻"了一次，事后，她心满意足地说："要不就照你说的，咱们当炮友吧。"

我当即崩溃，在我心里即确认她已不再爱我，而且以前是否爱过，现在也很值得商榷，不得明辨。

再后来的两天，我从朋友那儿听说她要去成都看小勇乐队的演出，当晚九点的飞机出发。我惶惶不安地给她打电话，她很愉快地接了我的电话说她正在收拾行李，等一下收拾完了给我打回来。大约 30 分钟之后，她回电说她已经在机场大巴上了。我点点头说好吧，你一路小心，挂了电话之后，一股前所未有的屈辱感侵占了我的心，为什么你能如此不顾忌我的感受呢？为什么要像个玩儿老鼠的猫似的戏耍一个爱你的人呢？之前生活中对待我的小心翼翼和脉脉温情彻底扭转成心狠手辣，我这才发现，在我前媳妇同志美丽的外表和谦逊的行为之下，核心竞争力竟然是令我前所未见的傲慢。

是的，傲慢，我真想骂娘啊。成熟理智的男人该从改变自己着手改变生活，可面对此情此景，我该改变自己些什么以适应生活的现状呢？傲慢，我多么想放下身段畅快淋漓地骂娘啊。

有一天在报社开会，当着社长、副社长以及总编辑的面，我和我的顶头上司拍桌子吵了一架，吵架的内容是关于“上个月刚刚做了一整版李宇春的报道，为什么这次还要做?！我一著名乐评人的脸都被我自己写的稿子丢尽了!”第二天我就辞职了。

后来的自我反省期间，我什么事儿都不想做，工作、娱乐、读书，甚至吃饭，什么都提不起兴趣来。我不明白施加于我身上的这巨大的痛苦是怎么来的，是因为我的虚荣心吗？或者是因为我爱她而她不爱我？那么，我究竟又为什么爱她呢？我对她所倾注的感情究竟算不算爱呢？我对她倾注了如此多的东西，处处用心呵护，如今却发现她与我心中所思所想不同。那么，我对其他事物倾注的那些感情是否也会如此呢？我是说，这世界上所有那些我们曾经倾注过巨大热情的东西——文学、真挚、高尚、理智、诚实——所有这些东西会不会也像她一样与我们所想不同？都说心存大爱便可活得和美，但我们对这个世界付出的爱真的是值得的吗？在付出爱这个层面，我是该对世界更谨小慎微些还是强迫自己化解仇恨付出更多的爱？很多事情我都想不明白，如果这事情发生在别人身上，我大概很轻松就能作出判断，但是当那种喘不过来气的心绞痛降临于自己的时候，我只能说我什么都搞不明白了。

我自幼对生活没什么概念，以至于自己就像玻璃缸里的小鱼忽然面对大海。18 岁那年生活忽然向我开放，准许我以一个成年人的资格参与其中，这么多年以来我该缺乏的能力照样缺乏，生活的坐标系只有自己慢慢摸索慢慢建立。其间会经历很多波折，成长得快，同时心中满怀怨恨、感激和对自由的向往。我不太知道别人的境遇如何，我只知道，我面对这个世界时体会到了愉快和欣喜，也品尝过失落和不安。而且，无论生活给我们什么我们都只能坦然接受。

对你也是一样的。我写这篇小说并不是为了使你难堪，我只是要你知道，当你不知道该怎么办的时候就去爱，去学习。对这个世界我们知道的并不会比我们以为的多，但能够确定的是，爱和理智不会背叛我们当中的每一个人，确实不会。

在体制外生活大概一个月之后，我前媳妇和小勇传出了绯闻，事发地点就在成都。北京这边儿的朋友们早已经都知道了，就是没人上赶着来报这个丧。据说小勇那位长达十年的发妻已经小宇宙爆发了，舍不得动自己男人，于是扬言要亲手抽我前媳妇。再据说，我前媳妇已经基本搞定了小勇的身心，开始正式参与到这场庸俗刺激的贾宝玉争夺战当中。我四处找朋友抱怨，但是朋友们都露出为难的表情："人家这也得算自由恋爱吧，你前媳妇已经都对外表态了，你们已经分手了。"

我爱的女人跟我爱的摇滚乐手跑了，若不是因为身体过于健康没有借口，还不如死了算了。我要说，男女平等这个事儿在当今世界还是很难实现的。比如，对于我遇上的这种糟心事儿如果性别换一下，大概我会得到许多同情。可惜，由于我是男的而我前媳妇是女的，我觉得每次我跟别人诉苦的时候得到的基本都是鄙视。包括你在内，我亲爱的。

青春期来了的时候，多少具备某种压迫性，你明白我的意思吧。当你有一天放学走在回家的路上，一位你不认识的跟你年龄相仿的女中学生骑着单车经过，你看着她，眼前一阵迷茫。跟着她离去的方向不由自主地走了两步，当她真的消失于下班人潮中之后你一个人站在街上，发现自己硬了。你的青春期就这么来了，从此以后你就不再是个单纯的、对世界和异性没有威胁的小男孩了。你会想方设法弄清那姑娘是哪个学校的，住在哪儿，平时喜欢什么颜色的衣服，可乐喜欢喝百事的还是可口的。你可能天天站在那个路口等她，还可能去她家或者她学校门口堵她，搞不好还会为此跟她班里的男生干一架，被揍得狼狈不堪或者揍得他们班男生狼狈不堪，然后非常诧异地想：她为什么就那么不愿意冲我笑一下呢？青春期的来到就像一座大山在面前轰然倒下，从此你就要背着这座大山独自徒步旅行。大约十到二十年左右，这期间你会是个招人讨厌的家伙，事后想想甚至会招自己讨厌。你总是在纯洁的女孩子向你投来纯洁友谊的时候很不知趣地问上一句：我们干一炮好吗？但是这又有什么办法呢？我们正在背着一座从天而降的大山徒步旅行啊。

而青春期这东西的离去往往也令人费解，这跟性欲的衰退还不是一个概念，它慢慢地离去，像是从来未曾离去似的。或许是一部当年深深热爱的电影，或者是一本书，或许是一支激情澎湃的朋克乐队。你看着它们跳来蹦去的，你想：我操，他们丫这么会抽风，真好，当年我就很能这么抽风，现在我也应该像他们现在或者我当年那样抽一会儿风。要是你够敏感，你就知道你的青春期差不多快过去了，或者就是已经过去了。我疑惑的不是这些，我疑惑的是它究竟是何时过去的。如果我们把青春期这东西假设成100分，低于60分就不及格，那么那第41分是何时失去的？它的失去肯定存在于哪个时刻、哪个点、哪个事件或者哪个女人。那么，究竟是哪一个呢？青春期的离去就是这么病去若抽丝的。

我不想让它就这么离我而去，我还不想那么快变成一个让当年的自己讨厌的人。当然，实际上就目前来说，私以为成为一个不那么青春的人也不是什么可怕的事。我见过的早已失去了青春而又健康可敬的老人已经很多了，青春这东西绝对成为不了衡量一个人是否积极向上活泼可爱的标准，但我就是不想变成一个失去青春的人。你知道，少时梦想这东西，但凡有点儿怀旧和固执的人都不愿意太早背叛它，即使它是错的。

我在这方面的固执可能和我年少时选择的生活方式也有很大关系，很久很久以前有个美国人不是说过那么句话吗："永远年轻，永远热泪盈眶。"许多年来，那对我来说一直是一句真理，我不能太早否定我的过去，所以我希望青春能在我身上停留得尽量久一些。

我没买房子没买车，工作干得有一搭没一搭，每次开会有人提起企业文化我都觉得是在放屁，每月定期和我们主编吵一次架，家里多年来使用的东西仅仅保证最低限度的舒适生活，也没有养宠物，也没有申请任何形式的贷款，以方便我想躲开北京的时候随时背上一个旅行包跑路。

那段和我前媳妇同居的生活大概是我唯一不可能逃跑的时期，我真的爱她，她真的爱我。当爱情来到的时候，这世界上一切东西也就没有那么重要了。她就是我的自由，她就是我的伊甸园，她就是我在这个世界上最终要逃向的地方。后来那憧憬毁掉了，变成了一出帮助你否定过去的悲剧。

说了这么多琐事，其实没一个是我真正觉得玄乎的，无非生活无常罢了，但其实，我想说在这些琐事以外，这确实有点玄，因为我做梦也没想到自己会和寻宝扯上了关系。

再见前媳妇 —

这一切是从我遇上那个长得像我前媳妇的女人后开始的。

遇上那个长得像我前媳妇的女人的时候，距我变成少白头已经过去一年多了。

那一日适逢初夏，落了小雨，风轻云淡水清沙幼，特别适合骑着马赴京赶考。我一如既往地黯淡着，去南城参加一个朋友的婚礼。地铁上很挤，眼睛天上地下的没有地方放，只好看别人的脚。早晨 10 点 30 分地铁车厢里的鞋子基本都很平庸，款式陈旧、了无生趣，而且绝大多数都蒙着灰尘，像是一群不情愿地挪动着走去吃草的绵羊的腿。车行至雍和宫站，有一双颇为典雅的高跟鞋进入了本人视野，我从背后偷偷打量了一会儿这双鞋的主人，心中一惊，以为是我前媳妇同志。一路上我的眼睛没法儿从她身上移开，她的背面举手投足都像得过分，一个小动作，再一个小动作每每令我心惊。

我有些五味杂陈，又思考了一下当今社会的男女平等问题。我前媳妇同志最近在做什么呢？时间过去这么久了，我早就该原谅她了，只可惜她一直没给过我原谅她的机会。小勇和我前媳妇一起把我从他们的生活中屏蔽了，之后我再也没有在任何情况下见过他们中的任何一个。其实北京并不大，不刻意躲着的话，终归是见得到的——有些人就是比你我都牛逼，他们一直保持自信自豪的办法是干脆忘掉曾经做过的蠢事，或者说视而不见也行。

我那朋友的婚礼在和平门的全聚德烤鸭店，车行至和平门站，我该下车了，凑到那位女士近处从侧面瞧了瞧，确实像。我有些替自己担心，之前有一段时间，我走在马路上看哪个女人都像她。有的是身高相仿，有的是头发的长度或者身上的味道，那段时间我经常心惊肉跳的，以为余光中那个女人就是她。我不会是又开始发疯了吧。

出了站台我看看表，到早了。打算四处转转，就往琉璃厂方向走。在师大一附中对面买烟时，那个像我前媳妇的女人踩着高跟鞋“咔哒咔哒”地走了过去。我盯着她的背影看了一会儿，真巧啊！我想，竟然连目的地都是一个方向。

左右无事，我便攥着烟盒，与她保持着一个礼貌的距离往南走。到了琉璃厂路口，她拐向琉璃厂西街，前行大约100米径直走进一得阁。我想了想，自己不练书法不练国画好多年，就不买墨汁了吧。到旁边的中国书店去逛了一圈，把里面边边角角的新书旧书都扫了一遍，其间想起许多以前的小事，心情越来越糟。掐算着时间差不多了，出门往全聚德走。走了没几步，就看见那个长得像我前媳妇的女子也从一得阁出来了，就在我前面50米左右。说来有些不可思议，该女子在一得阁里换了一套办公室女郎的职业套装，左手撑着伞，右手挎着个小包袱（是真的拿蓝绒布包着的那种货真价实的包袱），以旧时良家妇女的姿势挎在臂弯里，踩着高跟鞋“咔哒咔哒”扭着走。一阵细雨拂过，我在后面跟上了她。

走了大约10分钟，挎着蓝绒布包袱的良家妇女同志拐进了路边的一个公共厕所。我在距公厕20米处站定，抽了根烟，掐算了一下婚礼开始

擦筆

的时间，觉得晚去一会儿也可。等她的时候雨停了，街上行人往来如梭，空气中有股凉飕飕的甜味儿。无轨电车拖着大辫子不慌不忙地开过去，几朵浮云挂角。不知道强哥的这个婚礼我前媳妇会不会去，我点了第四根烟。如此左顾右盼地等了一刻钟左右，那个良家妇女还是没出来，也不知道在厕所里干什么呢？我看一看表，捻灭烟头正要走，身后有人拍了拍我，我本来以为是城管的来收乱丢烟头的罚款，没想到是那个长得像我前媳妇的女人。

“这位先生，你一直跟着我是什么意思？”

我终于见到了此女的正面，果然像得一塌糊涂。只是这张熟悉的脸上，多了几分风霜少了几分欢乐，她脸色严峻，看上去有点儿像个故意板着面孔的长辈，即便假装生气，她的唇形依然好似在浅浅微笑。许久未曾萌动的肾上腺素再次汹涌而出，我终于想起来我爱我前媳妇什么了，她曾经让我觉得自己像个情窦初开的中学生。

“呃……说来不好意思，咱们恰好同路，”我自己都觉得这么说难以立论，就补充一句说，“您别误会，您长得有点儿像我以前一个朋友。”

长得像我前媳妇的女士微微一笑，嘴角上扬约 0.1 公分，这个表情立刻让我觉得自己更像个拙劣的男高中生了。另外，她还悄悄叹了口气，我意识到她这辈子听到类似的陈词滥调大概不下 200 次了。

我们有点儿尴尬地沉默了一下，其间我努力了好几次才阻止自己拔腿便走。我都想不起来自己上次表现得这么蠢是什么时候了，八年前上大学的时候？十年前上中学的时候？从任何一个方面考虑我都该算个自重自尊的人，我是怎么把自己带到如此尴尬的情境中来的……

她整理了一下耳边的头发，眼睛定定地瞧了我一会儿，她说：“你赶时间吗？”

我如释重负般地摇摇头说不，谈不上很赶。

“我家就住在那个楼，三层，”我顺着她的目光看过去，大约 300 米远处路边有个 80 年代兴建的那种普通居民区，不大分得清她说的是哪座，“要上去坐坐吗?”

我不太知道自己是怎么了，鼻子一下子有点儿酸，我一直自信是个要强的人，为什么每到这种时候就变成了个小猫小狗。

她胸有成竹地看着我补充了一句：“家里没别人。”

“你干吗总是要我!”我打断了她，“都过去这么久了，你怎么还没长大?!你觉得这样很好玩儿吗？人心好玩儿吗？还是只有我这种傻乎乎的，你才觉得好玩儿！我那时候对你那么好，你到现在都觉得随手丢弃任何东西都不可惜吗?!你……”

她把手里的蓝绒布包裹举起来，向我做了个“拿着”的动作。我停顿了一下，接过她递来的包裹，生生把后面的话咽了回去。

“我叫阿兰，”她说，“这个包裹你拿着，回家再拆开来看。有机会，你应该到红圈去一趟，或许带上你那个长得像我的小朋友……”

“你才是小朋友!”

“再见。”

她冲我笑了一下，然后就走了。我为了阻止自己在大街上一把拉住她，气急败坏地低头点了一根烟，然后看着她步态典雅地踩着高跟鞋“咔哒咔哒”地走入那个小区，走到拐角处，她远远瞧了我一下，好像在确定我是不是跟了上去似的。然后，便消失不见了。

我胳膊底下夹着蓝绒布包裹往全聚德烤鸭店赶，一走进大厅，迎面便撞见了我前媳妇。我这回非常确定，此人是货真价实的我前媳妇，因为她跟那个该死的小勇在一起。

我是等电梯的时候看到他们的，只看了一眼便没有再看，我不想让他们发现我在注意他们。电梯来了，我走进去，转身时偷偷又瞧了一眼，确定无误。他们在大堂角落里同时向对方解释什么，并且一副想要互相安慰对方并急于表示理解的奇怪场景。他们应该没有看到我。电梯上升期间，我反复琢磨了她新的面貌。

以前跟我在一起时她从不穿熟女的衣物，如今踩着一双看上去蛮贵的金色夏季款高跟鞋，站在那大堂角落里依然显得高挑而妩媚，与之前稚气未脱的她判若两人。那眼神还是她的，水汪汪的，永远像刚刚小哭过一场似的，唯独不同的是——我不确定远远望上一眼判断是否准确——被生活锻炼出了些许健康的哀伤神色。时隔许久又见到了她，我心里升起一阵失落，这份我见犹怜的神色再也不会打动我了。我知道她瞧不起我，对她来说我已经是个小人物了。在她这类女超人看来，小人物的感情大概算不得感情，小人物的故事或许也算不得真正的故事。

婚礼很隆重，来的人非常多。新郎强哥可是我们摇滚界的传奇人物，没人确切知道他的年龄。崔健80年代末期在首体参加百名歌星联袂演出，第一次演唱《一无所有》那个晚上，我们强哥就已经参与了一支非常不成功的乐队，作为百名歌星中的一员登过台。由此推断，强哥目前至少40了。

这些年，他参与过或者组织过无数乐队，以吉他手、贝司手、鼓手、主唱、乐队经纪、随行摄影师、演出策划人、录音师、厂牌老板、记者等等身份出没于大大小小各种各样的演出场地。强哥90年代中期以前披着长头发玩儿流行金属；90年代中后期把头发扎到脑后改玩儿大黑大死；十年前朋克运动兴起的时候，他把两边的头发剃了，竖起鸡冠头成为全北京岁数最老的朋克；头两年终于把头发基本剃成了常人长度，帮着出了一堆 Hip－Hop 唱片，自己时不时也上台客串两回 MC；但是最近这一段时间，他自己的乐队演出时，他戴脏辫假发，就是鲍勃·玛丽的那种虫子窝头，他现在组织的这个乐队是试图融合中国流行音乐元素的牙买加雷鬼范儿。

简单地说，我们强哥是个非常二、非常穷（以他这个年龄和资历横向比较的话）、非常乐在其中、非常不觉得累的老愤青。你跟他聊聊天气或者朋友的八卦还可以，只要一聊正经事，他的脏话和观点比铁岭市的朋克还朋克，总之非常二。强哥的怪癖是：他只喜欢 25 岁以下的少女。自己年龄越来越大接触少女的机会越来越少是强哥永远的痛。好在我们这些如韭菜一般减掉一茬又长出一茬的小伙子们都热爱强哥，总能为他提供新鲜血液。这次强哥闪电结婚，据说是因为他一个老哥们儿的一桩生意忽然火了。强哥在该生意初期投过几千块钱的资，如今莫名其妙之间，以 40 岁高龄成为 10 万元户，赶紧连哄带骗跟现女友（24 岁，中央音乐学院研究生在读）把婚结了。年轻貌美的强嫂在婚礼上表态，希望那些叔叔伯伯们不要再叫她嫂子，那些大哥哥大姐姐不要再叫她师母。

婚礼人来得很齐，强哥人虽然二，但是朋友特别多。小勇的发妻王晓甜也来了，不巧，就安排在我隔壁那桌，旁边空着一个座位，想必是楼下的小勇君的。我把蓝绒布包裹放在腿上摩挲，心里五味杂陈，蠢蠢欲动。

小勇和他发妻王晓甜从相貌上讲，可以说丑得旗鼓相当，从学生时代他们就在一起。十余年过去了，小勇从一个平庸寻常的职高学生，成长为全中国在艺术水准上最出色的乐队的主唱——这还真不是开玩笑，虽然我在现实生活中越来越讨厌这个小勇，但是客观地说，十年或二十年之后，如果历史能记住两三支如今的摇滚乐队的话，小勇的乐队绝对将是其中之一，如果抛开商业因素不提，或许还是最应该被记住的那个。而王晓甜还是那个不美的文艺女青年——小勇的发妻。于是，王晓甜练就了两套本领：1. 见妞儿粘上立刻板砖拍之；2. 实在拍不动就忍，并且严于律己宽以待人，以怀柔政策和无私的奉献感动小勇。十余年来红旗不倒，可谓牛逼。

婚礼进行得喜庆而团结，大家都很高兴，一些老混混（在外界看来身怀绝技的摇滚艺术家们）纷纷趁着新郎新娘敬酒期间折腾他们。席间王晓甜到我们这桌跟几个朋友喝了圈儿酒，跟我也碰了杯，嘻笑一番后甚是自然地坐在我旁边的空位上。她先跟我说今天天气真不错，这雨下得及时，要不然热死了，拿手里的餐巾纸扇了一会儿风又问我抱个包裹干什么，给强哥的礼物？我笑着说不算是。后来她又问我最近怎么样，很久没见了，心情好不好？有妞儿了没有？如果没有介绍一个给我。

我说都还好，你和小勇怎么样？

“嗯，还行吧，这么多年了，我就跟乐队的第一替补似的，怎么闹也不可能真分开啊。”王晓甜似乎还有些得意。

我们俩默默喝了口酒，王晓甜大概知道我想听什么，就试探着说：“您原先那位可真够猛的，这都一年多了，还见天儿给小勇打电话发短信呢，中间我们换过一回号，消停了俩月，结果她不知道从哪儿又弄到了他电话，又没完没了的一个多月。”过了一会儿又补充了一句，“天天哭。”

“嗯，你也挺不容易的，苍蝇不叮无缝的蛋……”

王晓甜大概不爱听这话，左顾右盼了一会儿说：“最近小勇他们在录新专辑，正是要紧的时候，我给她打电话，让她最近别来烦小勇，她在电话里就跟我哭上了，真够没辙的。最近这个月倒是没怎么来闹腾。”

我点点头，我说："其实刚出事儿那会儿，我还打算揍小勇一顿呢，人都找好了，临动手又变卦了。"

王晓甜沉默了一会儿，有点儿尴尬地说："你这么说我可不高兴了，你自己看不住妞儿，跑来猛扑小勇，那是你没本事……"

"你不是也一样吗？"

王晓甜压低声音说："轮不着你教训我！"

我看了她一会儿，说："我也不是教训你，我反正是脱身了，你自己过好一点儿才是正经。而且我看你们家小勇也不是什么靠谱的爷们儿，这种事——我直说你别介意哈——男的跟男的是很容易能谈得开的，他自己不来跟我聊让你来聊，这算什么事儿呢。"

王晓甜怒目圆睁的表情一下子塌陷了，扭头去看别处。

我问："她刚才是不是也来了？"

"咦，你怎么知道的？"

"我猜的，强哥结婚，她就算自己不想来，她杂志也得派她来吧。"

王晓甜再次恢复悍妇本色："她确实带着个摄影师来了，拍了两张照片，看见我们都在，待了一会儿就走了。"

"你没去吓唬吓唬她？"

"小勇不让去，说闹起来不好看。"

"小勇呢？"

"上厕所去了。"

我心里感觉很怪，我曾经付出了珍贵的感情而她不在乎，现在她付出了珍贵的感情而别人不在乎，对此我不知道应该为她难过、为自己难过，还是幸灾乐祸。我无法想象我前媳妇是如何身处于这个众目睽睽之所的，她是来工作的，大概必须把该做的采访做完才能撤。王晓甜把小勇藏到身后向其怒目而视，而小勇无动于衷时，我前媳妇心中是怎样一种感受？我们在一起的时候，我常常猜测她的心思，事到如今还是猜不透。我问王晓甜能不能再告诉我一些他们三个之间的事，王晓甜骂骂咧咧地讲了20分钟左右。据说王晓甜曾经从小勇的手机里查到了我前媳妇爸妈家的电话，打电话给她爸爸聊了一个多小时，后来我前媳妇好像是和家里闹崩了，搬出来自己住。她还在我原先帮她找的那个杂志社工作，负责所有与音乐有关的报道。据说那杂志社最近一年效益不好，她已经托了几个朋友给找了好几份新工作备选。

聊了一会儿，我和王晓甜一起看着小勇从外面走入大厅。王晓甜说等会儿让小勇来跟我喝一杯算赔罪，他们新唱片还是需要我多帮忙，毕竟工作上的事情别太感情用事，显得不大度。

我哼哼了一声算是回答，王晓甜就跟别人喝酒去了。

我坐在酒席间有些进退失矩，深深地嫉妒着我前媳妇同志超人般的行动能力，她一直能照着自己的愿望自私而不顾一切地生活，我是没那个本事。蓝绒布包裹放在膝头轻飘飘的，这个长得像我前媳妇的阿兰到底是什么人，她给我的这个包裹里的东西又是什么呢？

婚礼走了些客人之后，强哥拉着王晓甜和小勇来我们桌喝酒。大家坐着聊了一会儿，我一年多以来头一次和小勇说了两句话，一句是“好久没见了”，另一句是“是啊”。从他面对我的神态里，我能知道两件事：1. 他到现在都还在和我前媳妇来往着，同时他也绝对不会离开王晓甜；2. 他认为他、王晓甜、我前媳妇之间的事与我完全无关，因此也就用不着和我说什么。别问我是怎么从他与我碰杯的举止中知道这两点的，我就是知道。

喝了一点儿酒之后我借口有事，没听大家的劝一个人先走了。这么做可能有点儿驳强哥的面子，不过怎么说呢，我在这方面比较任性一点儿，恐怕我真的不是那种会有很多朋友的人。其实，我比前些年还是强点儿，老子没当场掀桌就已经很不错了。眼睁睁地看着珍贵的东西被别人撕碎，这是件很可恶的事情。

我回家之后拆开蓝绒布包裹看，仔细端详了10分钟左右，然后动手写了一篇“我对小勇及乐队新作完全不看好，他们将沦为二流”的长文，第一时间发了出去。客观地说，我曾经是个不错的乐评人，我这篇长文肯定会影响一些更年轻的乐评人的口风，也肯定会让小勇暴跳如雷。

做完这件事，我翻出电话簿，给我前媳妇现杂志社以及她将要跳槽的那几个地方的朋友打电话。这些人基本都是我的前辈，我在之前工作的那个报社当编辑期间，跟他们或多或少都有些工作来往，其中有几个私交也不错。毕竟，我前媳妇在工作上的朋友不是我介绍的就是小勇介绍的，我估计还是我介绍的多一些。打电话的内容只有一个：在两个月内不要让她有事儿干，让她休息两个月。

有人对我的动机好奇，我只说别管为什么，帮我这个忙，只说暂时不需要人手，让她失业两个月。

蓝绒布包裹着一个很旧的木匣子，曾经上过封条，但是在我打开它之前，已经有人打开过了。封条的断口很新，是最近才打开的。木匣子里面放着一张地图。纸张已经发黄了，是一张很古旧的军用地图的一角，上面清楚标识着加格达奇、嘎仙洞、嘎仙山和阿里河等等地名。凡是山，哪怕只有几十米高的小山丘，地图上也标明了高度，画着一圈一圈的等高线，看着让人感觉是许多漩涡组成了大兴安岭。在那个叫嘎仙山的山头的东北方，大约30厘米远的地方，有人用毛笔蘸着红墨水画了一个小圆圈。在地图的一角，有不怎么完整的“满洲国”字样，是印刷体，其余字大概在被撕掉地图的多余部分上。

我有种感觉，无论如何，我该怂恿我前媳妇和我一起去一趟那个地图标注的地方。

说完了蓝绒布包裹和里面的东西，该说说我前媳妇了。

擦筆

这就跟我走 ——

独立于我之外，我前媳妇是个很成功的女孩儿。我认识她的时候，她在一所重点大学读本科，学的是英语，已经写了一些唱片评论。如果要形容一下，她是那种从中学开始就学习成绩优异的不良美少女，抽烟喝酒中学生早恋逃课打网游以及另外一些事情都干了。爱看《名侦探柯南》和《多啦A梦》，对成人世界的人生观准备至少一半建立在美剧《欲望都市》基础上。

她从不化妆，身材没的说，认识我之前就给一些小时尚杂志当模特，拍一些本季度新款服装之类的照片。我认识她时，她还过着女大学生的平常生活——吃食堂或者学校门口小饭馆的一日三餐、中等档次的名牌衣服和护肤品、听大量欧洲清新民谣和北美后摇唱片、定期去盗版DVD商那里采购电影、每天在网络上写几百字的乐评投稿给各处媒体、每周去看一场摇滚乐演出、每月拒绝几个大学男生的情书。她这个水准的美女一旦选择过这种普通人的生活，这像什么呢？像是个宝藏，你明白我的意思吗？于普通人的生活中遇上尤物很难，就是那种盘儿正条儿顺，交配起来次次有高潮且瘾很大的那种尤物，本来她们都去争当二奶或者凭借自身资源迈向更高阶级了，偏偏让我遇上了一个漏网的。形容一下的话，就像是许多年前，你在北京大街上等了许久，为了省钱，放过去许多虽然开着空调但是收费高达1.6元每公里的富康。终于，你遇上了一辆1.2元每公里的夏利空车，上去一看，大夏天的它竟然还开着空调，你一下子就对那出租车司机肃然起敬了，就是那种感觉。

而最让我着迷的是她让我觉得年轻，因为她自己就是那么的年轻，一个骄傲的罗丽。自信的、自卑的、谨慎的、野蛮的像只高挑的小野鹿，没有被生活揉搓过的最鲜活的那种热望，像极了早年间刚刚踏入社会的我自己。我常想，我一定要帮助她实现她的所有愿望，让她成功避过我之前所经历过的所有坎坷，让她心中那个骄傲的罗丽顺利地绕过艰难险阻，继续年轻、鲜活地生活到老。我当年没有这种运气，我要让她得到。

多年前的某一天，我前媳妇第一次躺倒在我家床上，她熟门熟路、充满韵律感地一件一件脱干净衣服，面对她的裸体，蹦进我脑子里的第一个影像就是以前夏天那种开着空调的夏利，敬佩之情若滔滔江水喷薄而出，又如黄河泛滥一发而不可收拾。有时候夜深人静之时看着她睡在旁边，我甚至暗自担忧，我这不是在犯罪吧。她太完美了，如此的清新、优美、鲜活、倔强，内心纠结，待人和善，似乎不该有人染指如此完美的躯体。

这样的尤物竟然心安理得地生活在人民群众中间，实在是个很成功、很有个性的尤物，很令人敬佩。有许多有脑子没钱或者有钱没脑子的男人跟在我前媳妇屁股后面，而我前媳妇竟然最终选择了我，这让我很欣慰。觉得我的生活很成功、很安稳，从此之后我只要安心干好本职工作就行了，不需要担心什么别的太多的。

但是如果让我站在第三方的角度客观分析一下，我觉得，我前媳妇离开我恐怕是早晚的事。这期间她大学毕业，没去进军影视界却选择了写乐评，正好在这方面我可以帮助她，我也确实倾尽所能帮助她得到了初期的声名和第一份工作。她像当年的我一样，从校园中一步踏入了火热的生活，眼前花花绿绿的选择琳琅满目，正是人生巨变的端口。当她的注意力逐渐从我身上转移开时，我所能做的就是进一步向她提供帮助，并将她的关系网与我的完全重叠。我寄希望于她更多地依靠我，包括小勇在内的所有工作上的朋友几乎都是我介绍给她的。但最终的结果是，我发现她想要得到的比我所能给的要多得多。虽然她说自己是个自卑的人，从未奢望过做成什么惊天动地的大事，但实际上，她什么都敢干，并且干得很好。她像个女超人似的在人们头顶呼啸而过，无所不能左右逢源。我抓不住她了，在那个雨夜小吵之前便意识到了。我唯独没想到的只是，她最终用这么决绝的方式、在最不合适的时机、选了她最不该选的下一个男人。这对我太残酷了，扪心自问这么久之后我还是要说，我没对她做过什么坏事，她不该这么对待我。上帝若公平也不该给我这样的磨练，她该受到惩罚。

到她在心里钦定了继任并离我而去时，她一年多前搬来的东西，几乎原封不动地搬走了，我的家里什么也没多什么也没少。时间虽然过去了，但是我的生活都好像是停滞于原地不动的。如果时间是一条从纸张一端画向另一端的直线，那么，你完全可以把代表我这段时间的纸对折一下，然后将直线的两端重叠在一起。将我内心和身体的衰老忽略不计，仅从客观生活来说，这条名叫时间的直线只剩下了两个完全重合的点，一个起点一个终点，我哪儿也没去。虽然我前媳妇从专业水准角度讲绝对不是她这一批同行中的佼佼者，但是她完美的飞翔动作，已经快要让她把画笔伸到另外一张纸上去了。事实上她也确实这么做了，而我的不满仅止于她对上一张纸的蹂躏似乎有些残酷。

用叙述而非描写的方式，我和我前媳妇的事情大概就是这样。我不是个善于自我反省的人，之所以在以上段落把自己描述成一个无能、无用、善于拖累美女且报复心旺盛的男人，是因为我真的就是这么个人。

写完那篇长文之后的第三天，中午12点左右，我手机响了，并且只响了一声。我看号码是我前媳妇，等了10分钟给她打回去说："你给我打电话了？"

我前媳妇说没有，她刚才拨错号码了。

我知道这是她的惯常手段，就说："哦，那我挂了啊。"

对方有4秒钟左右没说话，然后她颇为突兀地说："你能不能别再整小勇了，你对我有意见我可以跟你道歉，你有必要把其他人扯进来吗？"

"什么意思？"

"你明明知道小勇他们的新作品会很好，你这样做是对你自己的口碑不负责任——而且还会影响别人的生活，你觉得你这么做像个成年人吗，很有意思吗？"

"我影响谁了？"

"你这样处处找小勇的麻烦，肯定会影响他对我的态度啊！你心里明明清楚，你怎么能这样！"

我也等了4秒钟左右，然后问她："吃中午饭了吗，要不要出来坐坐？"

她说她觉得没有见面的必要。

"你不是说要跟我谈谈吗？你打算怎么谈？在电话里？"

"是的，你想听我道歉，我现在就可以说，之前的事情我很抱歉，对不起。"

我在心里默默叹了口气。这对不起说的，让我的耻辱感更进一步了。

我说："就你这个态度，我们之间的麻烦恐怕永远解决不了。你、我和小勇，包括王晓甜之间的事情，对你来说怎么样我不管，反正它对我是大事。这事不可能电话里说这么两句就解决，我看还是约着见一下，当面聊开吧。"

她说她今天有约了，我说那好吧，我这个周末没有安排，你觉得有必要的话可以给我打个电话，告诉我时间地点就可以了。

那个周末她没有打电话来，我知道她大概是等着我去恳求她跟她见面。或许之前我太宠爱她了，或许这个世界上所有的人都太宠爱她了，她总是对自己的魅力抱有绝对的自信。她是白雪公主，而其他人都是七个小矮人。她抱有如此的想法而且顺利活到今天了，这也是没有办法的事，或许这心思放在她身上是合适的吧。

我把银行卡里的存款都取了出来，一部分给了远房亲戚和几个穷朋友（我跟他们说我最近发横财了），另外一部分拿去买了不少野外旅行用的装备，帐篷、防潮垫、小煤油炉以及一把一个半手掌长的匕首——双立人牌的，锋利得能杀死一头熊。我在北京生活够了，我不打算再回来了。

时间又过了一周，我前媳妇打电话来，先是沉默了 4 秒钟左右，然后张口便骂我。我兴致勃勃地听她诉说自己的不幸——或者说，我这个衰人带给她的种种不幸。她的杂志社精简机构把她裁员了，另外几个本来已经找好的工作单位也都说几个月后才需要人。不知道她从哪儿听说是我搞了鬼，总之我前媳妇难以自持地（从我认识她后头一次）颇为歇斯底里地在电话里控诉我。是的，我是一个斤斤计较的小心眼的男人，这有什么问题吗？无论多大的麻烦只要落在别人身上就都可以无视，无论多小的麻烦只要落在自己身上就张嘴骂娘，娘西皮的，身为女主人公怎么能这么幼稚！

我们约在了一个以前经常去的饭馆，从我家打车到那边儿大概只需要10元，走路的话也不远。那天我早早便出了门，悠悠然在街上走，一边走一边回味以前的事。我家附近这些小路口、小饭馆、小书店、小杂货店，以前我们一个个的都走进去过——有一阵子她每天中午都穿着睡衣在这里买早点；有一次她晚上喉咙痛，我在这个药店敲门买的药；我们以前晚上去看演出，都是走到这个路口来打车，晚上只有这里有出租车趴活儿。路上想起了好多以前的事，一起去过的地方、一起坐过的火车、一起说过的话、一起走过的路。我想起我们刚认识的时候，手拉着手在她大学的花园里走，讲各自小时候的事儿讲到口干舌燥。那时候我们都没什么别的事情好做，空闲时间多得用不完，就全都拿来说话。那时候说了那么多事情，我这辈子可能还没给第二个人讲过那么多自己的事儿。我讲的时候她认真听着，时不时插一两句评论，或是表示一下感叹，她讲的时候我也一样。她讲的话基本都集中在中学时期，讲她以前的男友，讲她那时候的朋友，也讲她现在大学里的同学。她对那些男孩子们的评价都不太高，或许她给小勇讲述我的时候，评价也不会太高吧。想到这里我又是一阵失落，我们面对生活时若是能再幽默些就好了。

我们最后一个秋天去北戴河吃螃蟹，那时节的北戴河已经没什么游客了，海水也太冷。一到晚上，整个城市没几个人在街上走动，灯也都是黑的，活像一座《千与千寻》式的鬼城。我们那次的北戴河之行很糟糕，错误地入住了不隔音的宾馆，吃了坏掉了的螃蟹，还跟租自行车的小贩吵了一架。那一架吵完，虽然和我吵架的是租自行车的小贩，但我知道我和她之间的关系出了问题——那时候我就意识到，她的心已经不在我这里了。

我们在北戴河租了一辆自行车，离开那天去还车，比预定时间晚了10分钟。租车的小贩拿着收据单磨叽了一会儿，对是否要加收我们的钱有些犹豫。就是这么一点小事，我们吵了起来。或许是因为那两天总是被当地小贩（主要是卖螃蟹的）骗，心中有些窝火，总之吵得很凶，闹到要动手的地步，旁边开杂货店的和冲洗胶卷的都过来劝架。但我前媳妇从始至终基本只是看着，也没有帮我也没有劝我（倒是拉着我说了两句何必呢），闹到最后闹厉害了，照着人家说的如数交钱走人，我看对方人多势众，便屈辱地接受了这个事实。事后我埋怨她不帮着我，她却指责我不该跟对方吵架。我说那小贩拿着我们几百块钱的押金就想让我低头这行为太卑贱，她说我越来越变得像个易怒的歇斯底里症患者。而我以为，我如此歇斯底里与她的态度有直接关系。

我忘了后来我们是如何和好的，只记得回到北京时已经不吵架了，大概是我说服了她，或者是貌似我说服了她。那天晚上到了北京，我们从北京站有说有笑地坐108路回家，路上我们所坐的公共汽车和另外一辆有轨电车相撞了，这是我这辈子迄今为止唯一一次自己所坐的公交车出车祸。只记得相撞那一刻放眼望去，整辆公交车的内部呈非现实状变形，就好像《黑客帝国》里波浪般蔓延开去的冲击波。

都是些无关痛痒的小破事儿，而且这些无关痛痒的小破事儿都已经过去了。对我自己之外的人来说，大概听着毫无意义。但这些细碎小事我却常常想起，不知道该怎么定义它们，也不知道该把它们放在哪里。

那天我一走进饭馆就觉得气氛跟平常不一样，平时颇为鼓噪的一帮熟客今天都蛮安静的。大家似乎都在敛气凝神偷听着什么，人人都在说话，但是谁的声音都不大，而且全都心不在焉似的。即便是两个面对面吃饭的青年男女小声说起话来也不看着对方，都拿耳朵冲着一个方向，时不时地还瞟过去一眼。我顺着气场所指方向望去，哦，怪不得，从未在这个餐厅出现过的牛老师来了。

这牛老师乃北京皇城的世家子弟，从小儿就爱玩儿，什么都玩儿。80年代末的时候是一文学期刊的编辑，什么王老师、余老师刚开始崭露头角时都是他一手提拔起来的。你管他叫中国最早的文学策划人、明星作家推手也成；90年代初的时候还当过一段时间经纪人和唱片监制；后来又去弄电影，第五代、第六代电影导演里有好几个的处女作都是他当的制片人；但其实这牛老师最喜欢的还是古玩字画。一进入21世纪，海内外大款越来越多之后，他老人家摇身一变成了古董鉴定方面的专家，连故宫博物院里的专家们也未必比他权威多少。海内外的文化界大款们谁要是想在中国境内淘换点儿古董，走正规渠道的全去拍卖行，走野路子的必然找牛老师。此人时常作为古董鉴定方面的专家在电视上给人讲课，报纸媒体的采访更是连篇累牍，哪天心情好去趟潘家园，拿起谁的货瞧两秒钟，该物品价格当时就能翻一番。谁也不知道这位爷到底有多少钱，只知道他这些年收藏的那堆价值连城的古董，家里早就摆不下了，十几年前换了郊外大房子还是摆不下，最近两年干脆批了块庄稼地，在上面盖起了一座私人博物馆。

就是这么位爷，正百无聊赖地坐在一个靠窗位置看报纸，面前摆着壶茶却不喝，旁边坐着三个大哥斗地主（我知道其中一位是某著名影视公司的老板，另外两位不认识，想必也是哪座山头的大哥吧），也不看。大概是在等人。

我被服务员领到餐厅的另一角，坐在视野好的位置等她。其间打牌的那桌人都劝牛老师玩儿一会儿，牛老师很漠然地拒绝了，一副完全无视三位大哥的样子。我端详着菜单消磨了会儿时间，自作主张点了几个菜。我前媳妇同志比预定时间晚了10分钟出现。

她穿了自己最喜欢的一件夏天的小凉褂子，恶狠狠地微笑着，像很久以前那样走了进来。以前我们俩头回单独约见的时候，也是在这个餐厅，她穿的也是这件衣服。从她坐下点燃香烟到第一道凉菜上来的这段时间之内，我有些恍惚，不太知道她说了些什么而我又是如何应答的。重新面对她时，我的第一反应是掉头便跑，之所以能维持客气的微笑安然坐在椅子上，是因为我总在提醒自己是个成熟的成年人。我已经不听摇滚乐了，我长大很多了——这种时候掉头跑掉是懦夫和拿自己的感情当玩具的文艺幼稚儿童才会做的蠢事。

“那么，你过得怎么样？”第一道凉菜上来了，我前媳妇身体前倾了一下又坐正。

“吃，动筷子……”我拿起筷子往她盘子里夹了点儿菜，然后看着她尝了一口，“好吃吗？”

嗯，我前媳妇点头说还可以。

“他对你好吗？”

我有些后悔问了这话，后面的10分钟都在听她粉饰太平。说小勇对她很好，肯定会离开王晓甜跟她在一起的，其实他们现在已经算是在一起了，小勇已经和王晓甜分家了等等。当然还有对我的教育，说你该重新开始自己的生活，不要把生活的不如意都推诿到她身上。她只是做了自己正当的感情上的选择，她没道理为我的职业生涯和未来人生负责等等。

“而且，你为什么要死缠着我不放呢？我有那个价值吗？你这样有意思吗？”

她诉说这一切的时候，我只是不停地点头说“哦，哦哦”以及“这真的不是我的想法，我并没有那个意思”等等。

后来我说：“哎，反正你也失业了，要不要跟我去一趟东北？”

我前媳妇听我说了这话，怔怔地瞧了我 5 秒钟，她说：“去东北干吗？”

“算是去旅行吧……从东北回来以后，我们的问题肯定会解决的我想。”

“别开玩笑了，你觉得我们还可能吗？!”

“这真的不是我的想法，我并没有那个意思。其实是……最近我遇到了一些怪事，而且跟你多少有点儿关系。所以我想，你是不是愿意和我一起出去一趟，具体说是一个叫加格达奇的地方——你先看看这个。”

我从包里掏出那蓝绒布包裹，小心翼翼地一层层打开，推到她面前。我前媳妇看了看我又看了看里面的地图，举着端详了半天，问我：“这是一古董地图？这画一红圈什么意思？”

我说：“我查过资料了，那儿应该什么都没有。那是大兴安岭内部，不通公路、没人住，离那个红圈最近的是加格达奇地区一个叫榛子村的地方，公路也只通到那里，距离那个红圈的直线距离大概还有 20 多公里。”

我前媳妇噗嗤一声笑了，她说：“你的意思是，这是一藏宝图？一群土匪把多年积蓄藏在深山里，然后内讧互相杀，所有人都被对方杀死了，只剩下这张藏宝图，你够逗的你……”

“哎，你听说过满洲国是个什么东西吗？就是第二次世界大战那会儿溥仪在东北建立的那个伪满洲国，日本人帮他弄的。”

“听说过，这是不是就是那会儿的地图啊？”

“你看见那匣子上的封条了吗？上面有满洲国政府的印章……”

“那这就不是土匪的藏宝图了，是不是军用仓库什么的啊？”

“有可能，但也有可能是别的。”

我前媳妇把地图叠了叠还给我，示意我接着说。

我跟她说：“我给你普及一下近代史知识啊，对满洲国历史稍微了解一点儿的人大概都知道这个：溥仪被冯玉祥从紫禁城里赶出来的时候，带走了故宫全部的精华收藏。出来之后他在天津住了一段时间，后来就被日本人请去东北建立的满洲国，他携带的那些宝贝也一起被运到了东北。整整一列火车的玉器、古玩、珠宝、字画、陶瓷、价值连城的金银器皿……随便拿出一件来，都足够让全世界最财大气粗的古董商晕过去的那种。后来日本人被苏联人赶出了东北，溥仪也逃了。他这次逃得比较仓促，有好多东西没带走，等苏联人在机场抓住他的时候，从他随从那儿就没搜出几件来，大部分东西至今还下落不明呢。简单地说，现在北京故宫博物院的藏品加在一起，也就能和这批失散国宝打一平手。”

“那你怎么着，真要去寻宝？我怎么觉得这个宝藏百分百不存在啊，你说的这些也太玄乎了。”

“我嘛……挺好玩儿的吧，去瞧瞧呗，反正也没什么事儿。”

“那跟小勇找别扭，让我失业，想方设法让我过得不如意，就是希望我跟你去东北？”

“差不多吧，”我直接承认了，“你这么理解也可以。”

“齐天，我想我还是直接告诉你比较好，你是个不可理喻的神经病，你知道吗？”

我笑了笑，我就知道她得骂我。我说：“生活中致命的错误，其原因不在于人的不可理喻。一个人不可理喻的时刻可以是他的最佳时刻。错误的原因乃是人的讲求逻辑。二者之间，相去甚远。”

“你背段儿王尔德出来干什么，我看你根本不了解女人，你也去试试当Gay没准儿能成功。喜欢就在一起，不喜欢就散，这有什么不对。你干吗非要把各种污秽的罪名往我脑袋上扣，还打搅一个跟你的生活都没关系了的人，想办法给她添堵，你这就不像一个心胸宽阔的老爷们儿应有的作为。你还想让我跟你去东北，我有我自己的生活，我凭什么跟你去东北？”

“你觉不觉得我们哪儿都没去过？我说的不是旅游、去亲戚家串门之类的，”我揉了揉脑门寻找修辞，我说，“我是一男的，理应承担更多责任。问题是最终我们两个的相处还是出现了特别大的问题，这事儿对我来说是个死结。我不太知道究竟是我出了特别大的问题还是你出了特别大的问题，或者是我们两个都有一特别大的问题等待解决。如果问题出在你身上，那是你的事情别人管不了，可万一问题是我的呢，类似的事儿以后再经历一次我肯定受不了。我得把这事儿了结了。”

“你自己心理有问题，自己爱瞎琢磨就自己对着墙角抠去，我没觉得有反思的必要。”

“人终归是为自己活着，可如果不考虑别人的感受，自己也活不好啊……”

“我怎么不关心你的感受了！”

“你无论做什么事都只遵从你自己的欲望，别的可以什么都不顾，人不该这么自私。”

“你太小心眼了，这太不cool了，你要求别人一步到位，百分百地了解你，满足不了你的要求就把别人往坏了想，你这样身边怎么可能有朋友呢！”

“我是人缘没你好，可我没你那么自私，满足私欲对你来说就那么重要吗？我看拿你当朋友的那帮人都瞎了眼了，你就是一吸血鬼你知道吗？跟你近了的人一个个的最后都会被你伤着的，在这方面你太愚蠢了，害谁也不能害你身边的人啊。”

“我怎么害你了，我根本没想着害你。那会儿我喜欢小勇，想着去成都不让别人知道……”

“你跟人家说咱俩没关系了，你喜欢他，结果人家根本不拿你当回事儿，扭头就跟他们乐队的人说了，他们乐队那帮二流子回了北京就当笑话给别人讲，你不替自己害臊你能替我害害臊吗？就算为你自己好，你也该考虑考虑别人的感受……之前我们在一起的时候我就一直在原谅你。有很多时候，你可能并不觉得你需要被原谅，你可能并不认为自己有什么问题，我也不希望是你出了什么问题，有些时候我想或许是我的看法太偏颇，有的时候我将我们的分歧归结为你还太年轻。我不打算把这些事情一件一件说出来，我们当年的情分不该被计较得这么清楚。到现在我还是想原谅你，不为别的，就希望我们的关系不管之前还是现在，不管是美满之时还是破裂之后，都能多一点温情脉脉少一点斤斤计较，多一点爱少一点恨。我希望你能跟我去趟东北，不是要改变你，也不是要与你重修于好，而是要把我心里对你的恨摘除掉，换上一颗宽容的、名字叫爱的种子种到心里去。我希望我这么说你能明白，我不能允许自己一直带着恨活着，那是对你也是对我自己的否定。这世上再没什么比带着恨活着更可怜的事了，我不能对自己那么狠心。你那天在电话里跟我说了声对不起，我不管你是不是内心里真的觉得对我有亏欠，我只想说，让我再原谅你一次很容易。从我们分开到现在我一直在渴望找到一个机会能原谅你，只要你帮我一把，给我一个原谅你的机会，这不单是帮我，也是帮你自己。你总是给自己心里的小蛇喂肉吃，任由它茁壮成长而不以为危险——我以前也常常这么做，如今我在你身上得到了惩罚，你也收手吧。我们的欲望都太强了。我们一起去一趟加格达奇，车票和各种准备工作我都做好了，这趟旅程对你和我都会很好的。”

“你说起话来还是那么的翻译腔，可惜越来越像个卫道士。”

“这是个双手沾满鲜血的房地产商被当作英雄的年头，就这么个世道，我当个卫道士不觉得丢人。”

我前媳妇说了句“随你怎么说吧”，然后我们就同时陷入了沉默。谈话是不可能在这么两个自以为是的人之间进行下去的。牛老师那边打牌的人爆发出一阵惊呼，迅速围拢过去了几个闲人，大概是战局出现了什么波动。牛老师举着报纸发了会儿呆，然后分开众人去上厕所。我前媳妇看着牛老师的背影，问我：“这是牛老师？他怎么也来打牌了？”

我说我也不知道，头回见他出现在这种地方。我前媳妇问我说你认识他吗？我说不认识。

“兰小姐！”

我前媳妇呃了一声盯着我背后，我回过身，牛老师站在我背后。他冲我点了一下头，半鞠着躬凑到我前媳妇跟前说：“我在这儿等您三天了……”

我前媳妇看看我又看看牛老师，她说：“您是牛老师吧，您好，见到您很荣幸，不过，您是不是认错人了？”

牛老师轻轻咳嗽了一声，拿眼神瞥了我一眼说：“这位是？”

我前媳妇说这是我一个朋友。

“您要是现在不方便说话，我就在那边儿等您。”牛老师说话的神态小心翼翼的。

“牛老师，您肯定认错人了，咱们以前真的没见过。”

牛老师在原地犹豫了一会儿，满头白发一人了，却显得像个在班主任面前扭捏为难的小学生。他跟我前媳妇说：“您知道我不是冲着钱来的。我都这么大岁数了，该有的我也都有了，钱这东西对我来说再多也没什么用……您这地图交给我，也是为这批东西负责，对社会也是好的……”

我前媳妇把地图和蓝绒布包裹推回我这边儿说：“您真的误会了，这地图不是我的，是他拿来的。”

牛老师看看我前媳妇又看看我，然后指着我前媳妇问我说：“那这位是?”

我指着我前媳妇说：“是我一朋友。”

“那您怎么称呼?”

“我姓齐，您叫我小齐就行。”

“那这地图怎么到你手里的?”牛老师自己拉了把椅子坐下，一点儿不夸张地说，整个餐厅的人全张着嘴吃惊地往我们这边儿瞧。

“你能不能给我说说，你怎么有这地图的?”牛老师用不可质疑的口吻盯着我说。

“前不久那个自称阿兰的姑娘给我的，您也看见了，她跟我这朋友长得很像……”我把那天在琉璃厂遇上阿兰的事前前后后说了一遍，说完了看看我前媳妇又看看牛老师，觉得由于我的讲述，使他们两位在精神层面上产生了某种共性——我一讲完地图的来历，他们俩都觉得自己是正常人而我是神经病了。

牛老师瞅了我一会儿，往椅子里坐了坐说：“年轻人，别怪我倚老卖老……”

“您说您说。”

“你说你跟兰小姐不认识，她平白无故地就把图给了你……这事儿我不信。”牛老师把地图拿在手里看了看，又放回桌上，“咱们也都别装蒜了，有话都明说吧。这图怎么到你手里的我可以不管，我只说一句：这地图我必须拿走。你想要点儿什么，或者要我帮你点儿什么事儿，你尽管说，看我能不能帮上忙，出钱也好出人也好，人跟钱一块儿出也好——我帮你。弄得保准干净漂亮让你能满意，然后你把这图让给我。你看能不能考虑一下？”

“牛老师，我最近遇上了点儿麻烦，想去这个地图标明的地方看看解决一下，是我自己的问题，您恐怕帮不上忙。”

“你什么意思？”

“我的意思是说，这事儿我得自己解决，外人管不了。”

“哦……”牛老师像拿自己东西一样，拿起地图，用欣赏艺术品的陶醉表情端详了一会儿，然后语调提高了一个八度说：“你的意思是这事儿没商量？”

我说：“您说商量，如果指的是说把这地图让给您，那确实是没商量。”

牛老师嘿嘿一声笑了。

这时候这餐厅的老板笑呵呵地走到跟前，说牛老师您今儿又大驾光临啦，好几天没见您跟人说话，原来是等小齐呢，小齐是我们一不错的小兄弟，喝酒吗你们，上点儿我们这儿自酿的女儿红吧？

牛老师说：“您忙您的，我们这儿说点儿事。”

餐厅老板说是是，然后跟我说：“小齐你替我招呼着牛老师啊，可别惹他老人家不高兴……”

牛老师打断他说："劳驾……"

餐厅老板赶紧说你们聊、你们聊，退到一边去了。

牛老师把地图叠了叠放回木匣，用一只手慢慢地、一层一层地把蓝绒布盖回去，然后手指在上面敲了敲说："年轻人，这东西太贵重，你接不住的你知道吗？"

我说："牛老师，咱俩以前不认识，您可能不知道，从小到大，多少我接不住的东西我都生生给接了。接了之后结果算好还是坏我说不清楚，反正我是接了。这点上您用不着替我操心，这些年来这些接得住接不住的东西造成的后果，我都老老实实地笑纳了，没麻烦过什么不相干的人。这回这事儿，我也就不麻烦您了。"

牛老师哈的一声笑了，说这回不一样，这回撞上他了。

我说："撞上谁都一样，我的问题我自己解决。"

牛老师点点头，拿出手机拨了个电话："你带几个兄弟到鸿图餐厅楼下等我，现在，马上……不用那么多，有三四个就可以了——另外再去趟我办公室，把我那支票簿也拿来，啊对……就在我办公桌左手第一个抽屉里。嗯，对，要快。好。"

挂了电话，我、我前媳妇还有牛老师面面相觑了一会儿。我跟我前媳妇说："要不你先回去吧。"

我前媳妇瞅了瞅牛老师，他挂了电话以后就自顾自地在低头抠指甲，我前媳妇站起来说："那要不我先回去了……"

"您也再坐会儿，保准不会有事。"牛老师张开五指，盯着自己手指甲低声说。

我前媳妇看看我又看看牛老师，讪讪地又坐下了。

我在心里盘算了一会儿，觉得这时候拿起地图夺路而逃的可能性几乎等于零。只要牛老师一声令下，恐怕这餐馆的全体保安、服务员、至少一半食客不会跟我讲什么情面。我前媳妇倒是可以证明这东西是我的，问题是，在这种情形之下证人似乎也不大好用。

“你姓齐是吧，”牛老师把十指交拢放在桌子上，跟我说，“小齐，我也不为难你，你的麻烦我大概能猜出是怎么回事，跟这位长得像兰小姐的姑娘有关吧？具体细节我不想问，也没兴趣，我只是明确地告诉你，我遇上的坎儿十有八九比你严重，我恐怕比你更需要去一趟红圈。谁年轻的时候不遇上点儿解不开的疙瘩呢，挺一挺时间长了也就过去了，大家都是这么过来的，人不到我这个岁数很多事情明白不了。今天你愿意也好不愿意也好，这地图你肯定还是得留下，我也不会白拿你的，我们可以商量一个大家都能接受的价钱。你今年还不到 30 吧？以后的日子还长，该为后面的生活打点儿殷实的基础了……”

“牛老师，有些事情钱是解决不了的。”

“没有什么钱解决不了的。”

“有的，有不少。”

牛老师愣了一下，没想到我会顶撞他似的，然后字斟句酌地说：“事情不到万不得已，我也不愿意抢你一个小孩儿的东西，讲理能讲通是最好的。这样吧，他们把支票簿拿来之前，我可以给你讲讲我的事。这些事我之前没有，以后也不会再给别人讲，你愿意听听吗？或许听过之后你愿意和我商量商量？我希望你们两位能够替我保密。”

我 80 年代初开始收藏的时候，年纪也就跟你现在差不多大。带我入门的是我们胡同的一个老爷子，前清的时候家里是旗人，民国的时候开古董铺为生。生意做得不大，因为他经营古董进多出少，好东西总舍不得出手。本来身边有一对儿女，民国后期的时候都奔西山当了共产党的游击队，辽沈战役都还没开始就双双牺牲了。所以建国后老爷子被划成了五保户，一直没人难为他，他老伴60年代初期因病去世的，算寿终正寝。老爷子一个人提笼架鸟领政府补贴过日子，在我们胡同里算过得好的。我父母都是旧社会的知识分子，“文革”期间被拉到西北地区也不知道哪个干校里接受再教育，从此就再也没回来。我后来看过一些讲那个时期西北地区干校情况的资料，很为我的父母伤心，他们都是好人，本来不该受那份儿罪的……

我从十二三岁开始自己在北京上中学，算是被老爷子带大的，这事儿我基本没跟旁人说过，所以外界应该都不知道。老爷子家里剩了些旧社会的古玩，有字画，也有瓶瓶罐罐。字画都卷起来藏在床底下，有时候我半夜起来上厕所，能看见他在灯底下一幅一幅打开来看。当时还小，就觉得老爷子半夜看画这情景挺像旧社会鬼故事的，那些字画大部分都没留下来，“文革”的时候表姿态拿出来烧了，现在回想起来非常可惜，不过那时候也确实没有别的办法。瓶瓶罐罐的老爷子全用上了，都能当日常用品，红卫兵也不好意思对他太苛刻，毕竟是姿态表得很积极的军烈属，不能真上五保户家里头砸东西去，所以大多都留下来了。他家里从水缸到饭碗，件件东西看着都不起眼，其实几乎件件都是好东西。我记得有一回我吃完饭替他刷碗，打碎了他一个破盘子，那盘子不但有残破，而且烧得还不圆，照当时人的眼光看就是个穷人家才用的残次品。本来我没当回事儿，直接扫了地，跟垃圾一块儿倒了，老爷子回家听我说了，拿我当自己亲孙子给狠揍了一顿。我当时还觉得他老糊涂了他，后来大了点儿才听他给我讲，说那盘子是元青花的。

老爷子爱喝酒，人也挺逗的，他一喝多了就拿着手里的酒壶酒盅给我讲瓷器，这是康雍乾的，那是宋元明的，各个朝代官窑民窑大概都是什么样的。我 80 年代初的时候一入行就拿下了一大批好东西，因为那个时候别人掌握的知识都没我多，他们都没我认得。老爷子喝完酒还老跟我说："小子，你们这帮愣头青都喜欢摸女人，看着大街上穿军装的姑娘你们就俩眼发直。我告诉你，早晚有一天你能明白，摸女人有什么意思，我从三四十岁开始就只爱摸摸我这些瓶瓶罐罐，比摸女人屁股可踏实多了。"

1976 年毛主席去世，然后是"四人帮"倒台，1978 年改革开放，1979 年我参加工作，去一个文学期刊当编辑。我记得那是 1979 年冬天，我第一个月工资领了 80 多块钱，在当时算不少了。我拿那钱在我们胡同口买了点儿二锅头、猪头肉、花生米，还有大蒜（我们家老爷子喝白酒爱就大蒜，说是给劲）回家跟老爷子喝，他喝多了，说他这辈子攒下了不少好东西，最看重的就是条案上插鸡毛掸子的那对春秋瓶。我记得他当时眼圈通红恍恍惚惚地看着我，说那对瓶子就留给你了，然后就躺床上睡觉去了。我帮他收拾了酒桌，也回自己家睡觉去了。

第二天是星期天，我中午起床，下午跟俩朋友去北海玩儿到晚上。星期一去上班，下了班回家买了点儿菜，想再给老爷子做顿晚饭吃。拿钥匙开门进屋，屋里没人了，东西全空了，就留下了那对儿春秋瓶。1979 年冬天，我挣了第一笔工资以后，老爷子失踪了。不是去世，是失踪了，我到现在也不知道他去哪儿了，是仙逝了呢？还是在哪儿活着？不知道，问邻居，没有一个知道老爷子什么时候搬的家、搬去哪儿了，谁都不知道。按说我们那种大杂院，把一整屋东西搬走是个挺惹眼的事情，邻里之间不可能听不到半点响动，可事情就是这么邪乎，人莫名其妙地连同一屋子东西全失踪了。街道、派出所和居委会我都去了，户口没销，但是人没了。

老爷子留下的那对儿春秋瓶，宽口、窄足，瓶底款识一个写“春”字，一个写“秋”字，上下圈口都有紫金线。如果是真货的话，年头至少800年了，看式样应该是宋朝的东西，颜色偏青白，有点儿像汝窑，但是胎质比汝窑略薄，跟其他窑口差得就更远。咱们现在都说大宋朝有“汝官哥钧定”五大名窑，其实不对，其实应该是六大名窑。明代宫廷在整理古董的时候，有本书叫《宣德鼎彝谱》，里面记载：“内库所藏，柴、汝、官、哥、钧、定。”六种瓷器，第一是柴窑，是排在宋代五大名窑之前更名贵的瓷器。关于柴窑如何名贵的记载很多古书里都有，从清开始说的少了。后人之所以把柴窑从宋朝官窑名器中除名，主要是因为柴窑再也见不到了，没有实物就变成了传说，古董界只能把它忘了。

柴窑据说是五代十国时期，那个后周的柴世宗烧的御瓷。他在位仅六年，他死了以后就是赵匡胤陈桥兵变拿下江山。当时底下人问柴世宗御瓷怎么烧，他就说了一句话：“雨过天青云破处，者般颜色作将来。”就是说按照下雨后天放晴的那个颜色，把瓷器做出来。这只是古书上的记载，没有实物传世。如果老爷子留下来的这对儿春秋瓶真的是柴窑，那就是孤品，全世界独此一份，是无价之宝。因为没有比较也没有证据，所以谁也不敢说这就是柴窑。像这种像一点儿这个又像一点儿那个，谁都不敢说是什么的东西，按行话来讲叫妖怪。一般古玩行都认为妖怪是后仿的，仿冒者为了仿出个大价钱特意弄得跟同期的东西有一点儿不同，这种东西只能蒙外行，内行是绝对不会买的。那是老爷子留下来的东西，甭管是不是妖怪，我就当柴窑留着了。

80年代初期的时候，北京城开始有一些地下的古董自由市场了，我也开始了我的收藏生涯。我那会儿算是赶上好时候了，市面上没有假货，那时候的人愿意拿一整堂的红木家具换一台广州产的破彩电，愿意拿祖上传下来的米芾的字帖换一卡车电镀钢的椅子，没人在意这些好东西，更不会有人作假。虽然我那时候工资一个月才80块钱，但我还是用极低的价钱买了好多好东西。那时候也没想着挣钱，也没想着我这些收藏10年以后能让我身价亿万，我就是喜欢罢了。因为我一看见那些好东西，就能想起老爷子喝多了以后给我讲的那些古玩行的典故。

80年代中期的时候来内地淘换古董的海外华侨渐渐多了，古玩行又重新兴盛起来了。那时候地方上哪个镇子如果出一个万元户，就能上“新闻联播”。可这帮华侨——也包括一帮台湾人、香港人，在内地买一件好东西，中间经手帮他们买东西的古董商最多的时候能赚100多万，你想想这是怎么一状况吧。我那时候也确实赚足了初期的资本，但是我做生意有原则，国宝级的东西我不往海外卖，家庭生活有困难的卖家，我也不欺负人家不懂行，压人家的价。

90年代初期的时候，内地的古董行渐渐成规模了，价格也比较规范了。我记得是1992年还是1993年的时候，我在山西看见了一批紫檀木的家具，卖家是懂行的，要价不低，但是我在美国有买家，我知道一倒手就能有10倍的利润。我手头资金不够，正好有一台湾人是我老买家，听说我缺资金，说愿意从我这儿买点儿东西，把我这资金缺口补上，并保证从我这儿买走的东西，他绝对不卖，等我有钱了可以再商量个价钱买回去，我就带他上我家去了，让他随便挑。

那台湾人精明，上我们家转了一圈，一样一样看了一整天，最后问我说：“牛先生，你这满屋东西都是宝贝，就这一对儿春秋瓶是妖怪，这是什么意思？”我那时候年轻，假话还说不利落，就把实情原原本本跟他说了。没想到这台湾人还真有魄力，竟然不觉得这像套儿，挑了几样东西之后，撂下狠话说无论如何要搭上这对儿妖怪春秋瓶，否则这笔买卖甭想做成。我一想，得，反正等我周转开了还能买回来，就答应了。

结果你猜怎么着？我到1997年香港临回归前才把那对儿瓶子买回来，用了当时20倍的价钱。我那五年挣的钱几乎全搭里头了，那台湾人手里攥着那对儿瓶子明明卖不出去，认准了我一定会买回去……算是狠宰了我一刀吧。我也不为别的，一是那对儿春秋瓶没准儿真是柴窑的孤品；二是我跟老爷子之间的情谊。是老爷子拉扯我长大的，他只给我留下了一堆古玩鉴定的知识和这么对儿妖怪瓶子。虽然我用了20倍的价钱才把它们赎回来，但是我不觉得亏，因为我周转开了。要是没有当时那笔资金，我后来五年以及再后来的几十年不可能赚那么多钱。所以年轻人，钱是个好东西，也是个怪东西，钱的多少并不重要，就看你当时缺还是不缺。你缺它的时候，10块钱就能难死你；你不缺它了，一亿个10块钱说花也就花了。

我儿子是1985年出生的，属牛，计划生育嘛，我就这么一个儿子。他10岁那年害了眼疾，是一种类似于白内障的怪病，我找遍了国内外的名医都说治不好了。后来我有一当高官的朋友，悄悄跟我说有一个大仙，给某中央领导人——是谁我不能告诉你——治过绝症，多少次中南海的医生说没办法了，都是那大仙给延了寿。我通过层层关系找到了那个大仙，是个女的，东北人，当时看30岁上下的样子，她张口就跟我说：“让我给你儿子治病可以，但是我要拿走你一样东西，你也不用告诉我什么对你最重要，我知道，我就要你那对儿春秋瓶。”

当时是1995年，我那对儿妖怪春秋瓶还在那台湾人手里，古玩行除了我跟那台湾人之外，没人知道有这么对儿瓶子在，就是到现在也几乎没人知道。我当时没答应她。

一是那对儿瓶子对我确实很重要，我一直坚信它们得陪我一辈子；二是，我当时觉得那大仙有可能是台湾人的托儿，确实太像了。后来我儿子眼睛就瞎了。

这事儿过去10多年了，我儿子现在比你们俩小不了几岁，正是年轻人最好的年纪。我太太和我儿子都不知道我曾经找着过那么位大仙，他们都不知道，我儿子的眼睛曾经有过能治好的可能性。我欠我儿子的，我一辈子都欠他的。

2002年的时候我建了那座私人博物馆，如今这几年过去，我越来越觉得博物馆这东西不仅仅是我的，也是全社会的财富。世人只要买票，就能进去看到咱们国家历史上最好的艺术品，而且那些藏品永远不会被倒买倒卖了。它们进了我的私人博物馆，从此以后就有了真正的归宿，商人们不再能以商品的属性贬低它们的艺术价值，它们将一直被陈列在那儿，人人都可以看到我们的老祖宗曾经创造过怎样的辉煌。但是等我死了以后呢，我死了以后，我该把这座私人博物馆交给谁呢？交给艺术品托管机构？我们国家还没有那样的组织，什么时候能有谁都不知道。交给我唯一的儿子？我儿子没有眼睛，他根本无法了解哪怕半分那些艺术品的伟大。交给国家？我们的国家已经通过革命和捐赠得到了太多的艺术品了，不到万不得已，我不想去冒充这个老好人，换得一个政协委员之类的名分。我从民间来，我建立的是私人博物馆，我希望我的博物馆能够一直保留它的民间性质。

所以，一个月前，我又通过层层关系去找了那个大仙——想必你们也猜到了，此人就是阿兰小姐。10多年过去了，她看上去不但没有老，反倒更年轻了，皮肤、姿态、整个人的气质最多也就是20多岁的样子，也就是你们现在所见到的那个样子——和这位小姐简直一模一样。我不知道她是怎么返老还童的，我也不想知道，那种人注定跟我们这些芸芸众生不一样，我只关心我儿子的眼睛。

时隔那么多年再想找她不容易，像她这种人，在咱们国家属于国家机密那个级别的。但这种事儿难不倒我，我说句不太合适的话，等你哪天有钱了你就知道了，钱能解决这个世界上的许多问题，大到国际争端，小到义与不义，它唯独解决不了的只有人的生老病死。能用钱解决的，相对来说都是容易的。那对儿春秋瓶对我个人来说虽然重要，但我不能因为我个人的情感寄托，就让我儿子一辈子看不见光明……

我找到了兰小姐，她跟我说，我儿子的病时间太长了，治不好了。我一边流泪一边求她再想一想办法，她只是摇头说确实没有办法了，病情耽误的时间太长了……后来她给我看了一眼溥仪的地图，就是你们手里的这张。我不知道她为什么要这么做，只能说是天注定吧，她就是假装不经意间给我看了一眼。那地图我只看了30秒钟不到，就知道它是真东西。这张图上标的那个红圈里有什么、是不是溥仪留在东北的那批东西，这个我说不好，但这张图是溥仪的伪满政府留下来的肯定没错。

“所以你想去找到这批宝藏？就为了丰富你的馆藏？”我问。

牛老师定定地看了我一会儿，嘴唇动了动没说话。牛老师的话一停，整个餐厅的话好像也都跟着停了似的。集体沉默间，他手机响了，他对着电话哦了两声，说你们在底下等一会儿。牛老师挂了电话，往前坐了坐，压低声音说今天既然把话都讲到这儿了，就把事情讲透吧！

今年年初的时候我遇上了一个事，这事情外人听来可能觉得没那么严重，但是让我崩溃了半年。说怀疑人生也好、说价值观崩盘也好，总之是促使我重新去找那大仙的主要诱因。

今年年初，我去一个老朋友家做客，我这个朋友的父亲是我军的高官，他自己也在部队里任职，这么说起来的话，你说他算个太子党也行。我和这个朋友从80年代开始就交情甚密，他跟我一样是真的爱好古玩收藏。“文革”的时候，别人都把家里的好东西烧了扔了砸了，他跟他爸爸冒着极大的政治风险偷偷往回捡，不为别的，就是喜欢。

我这几十年来去过他家里多少次了，就今年年初那天，让我看见那个夏瓶了。

东西的器形、胎质、整体风貌全都和我的春秋瓶一样，原来我那套春秋瓶不是春秋瓶，是四季瓶里的春和秋！那个夏瓶让我看见的时候，摆在他们家屋子外面，和另外几件破烂儿一起放在院子大门口，我一看见整个人就呆在那儿了，脑袋嗡嗡的，五雷轰顶你知道什么感觉吗，我当时就五雷轰顶了。我问我那朋友这怎么回事，我那朋友说是这瓶子收回来的时候就不知道是什么东西，搁家里地窖了，一搁就是30多年。最近家里地窖也摆不下了，就清理了一遍藏品，打算把这个收了多年的妖怪瓶和另外那几个破烂儿一起便宜卖了。

我和我那朋友仔细查了他的收藏，从这个瓶子原先的摆放位置看，应该是他爸爸“文革”时期从一个老太监家里捡回来的。据我那朋友回忆，当时一块儿捡回来的还有从宫里流出来的几件珍品，当时之所以留着这个妖怪瓶，就是因为那老太监其他藏品都是珍品，觉得这个瓶子虽然不认识，但是也不至于太差。这么多年过去了，我那朋友已经是古玩鉴定方面的大家了，他重新清理收藏，发现了这个到现在他都还不认识的妖怪瓶子，就认定它是妖怪。

我如果再晚去他家做客一天，这瓶子说不准就被他搭着别的破烂儿一起卖了，要是没有人愿意收，搞不好就直接当妖怪给扔了。这是冥冥之中自有天意让我撞上它，但说实在的，我真不愿意撞上这个夏瓶，我不愿意知道我费了那么多心血、放弃了我儿子的眼睛保存至今的春秋瓶，根本都不是一整套东西——我不知道你是不是清楚收藏界的情况，你收藏的是一整套东西还是一整套东西里的一两件，那对收藏者来说完全是一个在天上一个在地下。

清史档我读得很熟了，肯定没有记载过这套疑似柴窑的四季瓶，但我家老爷子和这个老太监都视若珍宝的东西，不可能是个妖怪。所以我想，会不会是由于什么原因，作为大清哪个皇帝非正当渠道的私人收藏，这套瓶子没有入档，这可能性是存在的。

我那朋友没要我的钱，直接把瓶子送我了，我也没多说什么，因为我和我那个朋友心里都明白，若真算起钱来，我倾家荡产也买不起这个夏瓶。拿着这个夏瓶回家，和我的春秋瓶摆在一起看——我这么大岁数一人了不跟你说瞎话——我哭了三天三夜。我后悔。钱没了我可以再赚，可我儿子的眼睛……

所以我就去找了那个兰小姐，她说我儿子的眼睛治不好了。我觉得这也算冥冥之中的劫数，她给我看了这张地图。清宫里流出去的东西、台北故宫的东西、被国家收藏的东西一样一样我都清楚，唯独溥仪留在东北的那批谁都说不好有什么。如果我这辈子还能有个机会见到冬瓶，那就只能在那个红圈了。

故事讲完了，餐厅里其他的人都不知道刚才发生了什么。

我说："牛老师，如果我们一起去红圈呢？我是说，我办我的事儿，你找你的瓶子，你看这可能吗？"

"不行，这地图，这红圈，我总感觉不是一个冬瓶那么简单的事儿，冥冥之中自有天意让我解决这个事儿，不管找得到找不到冬瓶，我得去一趟红圈，我感觉这是个跟我的人生有关的事情。上苍给了我这个考验，让我在人生走下坡路的时候遇上这么个坎儿，我希望你能理解——我不打算跟别人分享它。”

“牛老师，一开始我拒绝您，跟您现在说的意思是一样的，自己的问题只能自己解决。”我显然很坚决。

“可是，年轻人啊！”牛老师接着说，“我说两句经验之谈给你参考。这人啊，在年轻的时候碰上的好多问题——尤其是感情问题，其实说到底无非是个钱、是个势力的事儿。这姑娘在这儿，我也不避讳什么，打个不恰当的比方，比如说你现在趁……趁 1000 万，你看你的麻烦还叫麻烦吗？我刚才也说了，除了生老病死，没有什么钱解决不了的。”

“牛老师，您误会我了，您说让我拿钱砸晕她，这属于威逼利诱。我现在的麻烦是关于内心的，是往心里种爱还是种恨的问题，不一样。如果我从一生出来就趁 1000 万，从一生出来就是个王子，这世界上所有的人都得顺着我才能生存，那我可能永远不需要解决这类问题。但那样的人，我揣测他生来心里就会缺少点儿什么，我在人生的低谷碰上的问题，不能靠走上巅峰来解决，那等于是给我心底的毒蛇喂上一大块儿肉，而且下定决心一辈子不让它饿着。”

“毒蛇？什么毒蛇？”牛老师瞧瞧我，又瞧瞧我前媳妇。

“他刚才说我一直不思悔改，一直在给心里的毒蛇喂肉吃，”我前媳妇说，“我有点儿明白他什么意思，可是我不明白他干吗在这种小事上这么较真。”

牛老师“哦”了一声，点点头一个劲表示明白了，“年轻人能有这个心思倒是挺好，那我只能劝你最后一句了：这世界很残酷的，你要是连命都没了，你拿什么面对以后的人生啊?”牛老师举起手里的电话，他说，“我也知道这样对你不太公平，不过这世界其实从来就没公平过，大家都是这么过来的。”

我看着牛老师手里晃着的手机，心脏猛跳了几下，朗朗乾坤之下马上就要面临生死考验了。

“呀，你们两个怎么碰上了?”我和牛老师顺着声音看过去，有个人站在我前媳妇背后，身穿红色办公室女郎职业套装，看着像个日资公司的前台小姐似的。我前媳妇回头看了一眼，也惊了。来人把墨镜摘了下来，颇为欣喜地说：“哟，果然像啊，简直是一个模子里刻出来的，我不记得我妈生了对儿双胞胎啊……”

牛老师腾的一下站起来：“兰小姐!”

整个餐厅的人全安静了，都扭头往这边儿瞅。

阿兰说：“牛老师，命这个东西抢是抢不来的，你的事情我会合理安排。人各有命，你还是顺其自然吧。”

“可是……”

“你们两个先走吧，祝你们旅途愉快，我和牛老师单独聊一会儿。”

我前媳妇像看镜子里的自己一样，凑近了想说点儿什么，被我一把拉过来带出了餐厅，头也没回。门口果然有几个满脸横肉的家伙等在那儿。我们俩假装有说有笑地从他们身边走过，假装聊着最近的股票形势，随即蹿上了一辆出租车，跟司机师傅说了声“往前开”，就这样便夺路而逃了。

车子开出了工体南门的院子，上了大路，司机在反光镜里看着我们，问我们到底去哪儿。

我看着我前媳妇，问她去哪儿?

她说去小勇那儿。

“先去东四。”我对司机说。以前我们还是朋友的时候，去过几次小勇家开 party。那地方我认得，就在东四十条立交桥进去一点儿。一路上我前媳妇板着个脸瞧着窗外，因为刚才牛老师发狠，加上阿兰出现的事，我还有些惊魂未定，开了车窗抽烟，边抽边说：“这下你知道了吧？”

我前媳妇这才“哼”了一声：“还真挺像那么回事的。”

不知道为什么，今天路上车不多，没多会儿就到了小勇家附近。

“好了，我在这儿下就行了。”她开车门走下去，我从车窗里探出半个脑袋看着她。

“回去收拾收拾东西一起去东北吧，去一趟东北，回来以后两不相干，”我说，“不然我就找人挑了小勇的手筋。”

我前媳妇回过头，怔怔地盯着我看了一会儿：“瞅你那软趴趴的狠劲儿，简直蠢透了。”

然后她就头也不回地走进了那个曾经喧闹的小勇家的小区。

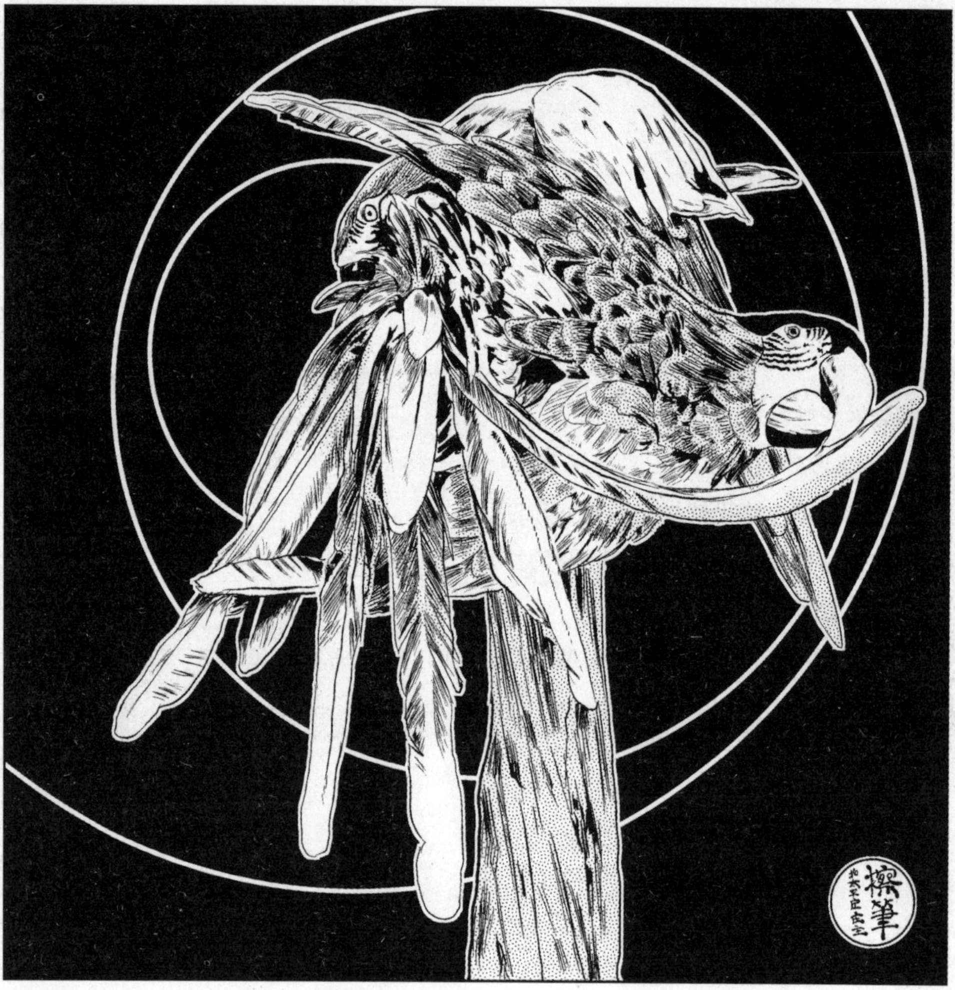
擦筆

加格达奇小客栈初夜 ——

这是官方的介绍：加格达奇是黑龙江省大兴安岭地区的一个县级市，位于黑龙江省最北部，是我国纬度最高的地区，与俄罗斯联邦隔江相望，边境线长791公里。大兴安岭地区总面积46755平方公里，总人口54万，主要居民为汉族，也有部分蒙古族、鄂伦春族、回族、朝鲜族、满族等少数民族居民。加格达奇市地处北纬53度的高纬度地区，是我国最靠北的城市，属寒温带大陆性季风气候，冬寒夏暖，昼夜温差较大。年平均气温－2.8℃，无霜期大约90天—110天，年平均降水量746毫米。夏季只有不到两个月的时间，而冬季却长达七个多月，最低温度可达－45℃，因此有中国的“北极”之称。大兴安岭是我国重要的原始林区之一，林木蓄积量5亿立方米，占全国总蓄积量的7.8％。野生植物上千种。林海里栖息着驼鹿、黑熊、狍子、紫貂、榛鸡等珍禽异兽330多种；水中生活着鳇鱼、大马哈鱼、细鳞鱼、哲罗鱼等鱼类80多种。大兴安岭地区的经济以林业为主，采矿业也占有一定的地位。

加格达奇在鄂伦春族语言里的意思是“樟子松生长的地方”，据说40年前还只有点儿破帐篷，后来通了铁路用来运木材，现在已经是个旅游城市了。从北京有直通过去的火车，1467次空调普快，25个小时之内列车将行驶 1774 公里，我总觉得这个数字大得可以通到天涯海角去了，可是列车时刻表很明确地告诉我们路上只需要 25 个小时。当代生活简直像我们当代青年一样分裂，去天涯海角只需要 25 个小时，这还仅仅是火车。

出发之前我上网搜过那地方，旅游者心得没搜到，倒是搜到一首诗，前半部分写得挺不错：

“浩瀚森林的一隅，收藏了拓荒者的帐篷，大雪覆盖的冻土之上，鄂伦春的老人呢喃着；加格达奇……樟子松的故乡啊，我们就要回到先人的身旁。什么叫城市，在森林的边缘，在蛮荒的中央，放猎，马远去，吻猎枪珍藏……”

前半部分句子这么干净，但到了后面就开始赞扬起改革开放的工业建设，什么赞美啊！赞叹啊！让人顿时诗意全无。

这一天，按照约定的时间，我背着行李走出北京站地铁，迎面便见到了站在大小背包之间的我前媳妇。她穿着远足用的防风衣，戴着棒球帽和墨镜，头发用皮筋在脑后梳成的马尾辫从棒球帽后面伸出来。

“嘿，先到了。”

“是啊，我先到了很奇怪吗？”

“跟小勇说了吗？”

“说了，还小吵了一架，挺没劲的。他不愿意我跟你一起出远门，我跟他说这没有什么了不起，反正我失业了，也没什么事，出去走一圈就回来。再说，万一找到宝藏了呢，等我回来，下一张他唱片的发行费用没准儿就搞定了。”

“哦？小勇他们缺这笔费用吗？”

“差着一点儿。”

就这样，我们双双背着巨大的登山包，像两个货真价实的旅行者那样坐上了北去的列车。火车上，衣着光鲜模样像旅行者的是城里人，衣着黯淡模样像民工的是民工。

一开始火车上有人打扑克有人聊天，到了晚上就很安静。飞驰的车轮与铁轨还是有规律地响着，我前媳妇睡得很香。我有点儿失眠了，闭着眼睛假寐但是睡不着，窗外时不时有些星星点点的灯光，村庄、城市、道口呼啸而过。长得像我前媳妇的女人、蓝绒布包裹和地图、人生走下坡路的牛老师和溥仪的宝藏，这些莫名其妙的事情在一个简短的时间内集中出现，这证明上帝虽然刻薄，却依然爱我，他至少拿了些莫名其妙的东西来填满我失落的心。

这天晚上我做了个梦。

我梦见我一把攥住我前媳妇的手腕，她有点儿吃惊地看着我。我们两个说了一会儿话，她摸了摸我的脸，这时候我又觉得眼前这个姑娘其实是那个把蓝绒布包裹给我的阿兰。然后我从那个绿色手提包里拿出了那把双立人牌的匕首，哐一下把她的左手剁了下来，她露出很绝望的表情并且惊叫起来。但是那场面一点儿都不血腥，至少在梦里我没感到血腥。

我把她的左手装在裤兜里，像没事儿人似的在一个荒野似的地方走了一会儿，然后走进了一个电梯。那电梯左摇右晃的，一副摇摇欲坠的架势，与此同时又不停地上来人，我很担心那个电梯会掉下去。还好它还是摇摇欲坠地升上去了，我在裤兜里揣摩了一会儿那只左手——十分细腻柔软的手，我把那只手像揉面团似的揉了一会儿，几乎可以感觉到这只手摸在我脸上的感觉。然后我趁同坐电梯的人不注意，把这只软绵绵的手塞进了嘴里。没嚼，就是含着，像是含着一整只橘子。我尝出了人皮肤上那种淡淡的咸味，还有一点儿伤口处的血腥味。

这时候我忽然发现有人正在看着我。这个女人大约40岁上下，长得像个道行很深的狐仙。小瓜子脸，尖下巴，眼睛细而且长的吊向太阳穴，脸颊上有两个浅浅的酒窝。她眼角的那些纹路已经和她若有若无的笑容融为一体了，感觉上，由于有这些皱纹的存在，这个女人好像一直在笑着。她从始至终都在看着我，彻头彻尾地知道我做了什么。

我有点儿怕，觉得被人看穿了。我想到这只手原先的主人（不管是我前媳妇还是阿兰），她失去了左手肯定在伤心呢，而且她的伤口一定很疼。一股强烈的自我厌恶感如潮水般袭来，电梯到站，我强作镇定走下电梯，回头看了一眼，那个40岁上下的女人紧紧盯着我，把电梯的门关上了。

后面的梦我忘了。

加格达奇是座小城，市中心区域有大概三四条横向的大街，它们和三四条纵向的大街交叉在一起构成这个小城的闹市区。一出火车站，潮水般涌上来了许多人，那些穿着鄂伦春族服装的人手中拿着动物皮毛，其余的手中拿着旅馆的报价单，还有一些汉人和鄂伦春人一起拿着“嘎仙洞两日游”、“北极村三日游”的牌子。

我们出站的时候问了问当地人榛子村怎么去，怪的是没有任何一个人知道榛子村，都说本地没有这个地方。

火车站广场上的大电视屏幕上正在播报当地新闻——著名文化人、古董鉴定专家牛老师近日莅临我市，市政府有关领导亲自陪同参观了市中心有关街道，洽谈在我市兴建大型国际化民族文化园区的计划……我跟我前媳妇站在广场大屏幕前，以半张着嘴的愚蠢体态看了一会儿牛老师莅临加格达奇的新闻。新闻里说，牛老师打算拆掉市中心的几座高楼，盖起整个加格达奇最大的文化商业街。同时牛老师的投资集团还将要投资加格达奇的山区林业建设，共同开发大兴安岭，把加格达奇发展成为东北地区最有影响力的林业、文化特色市……新闻画面里都是牛老师和加格达奇的领导们四处视察的画面。

牛老师真棒，牛老师确实太棒了！

广场上很嘈杂，我们躲避着人流往外走，想找一个不那么像黑店的旅店住下。

我们走了没两步，便吹来了一阵凉飕飕的风，灌进脖子里。

有那么一瞬间，整个世界笼罩着一层明亮的青灰色。淅淅沥沥的雨水搅和着阳光唰唰落下，广场上的嘈杂声忽然退到了世界的边缘。

阿兰，就着雨滴的节奏咔哒咔哒地走过来。她没有打伞，准确地在雨滴之间穿行而过，以至于身上的白衬衫并没有被沾湿。我心情紧张地盯着她走过来，高跟鞋在浅浅的积水间留下一连串的涟漪，用老派些的比喻很形象——就好像在一堆尘土里面跳华尔兹。

她一走过去，广场上的人们如梦方醒，旅客问路、汽车鸣笛、小商小贩又扯着嗓子喊了起来。我和我前媳妇互相瞧了瞧，拔腿便追了上去。

阿兰走得很快，目不斜视地在嘈杂混乱的人群间笔直向前。我和我前媳妇背着大包小包，一边喊着阿兰一边东倒西歪地试图追上她，而阿兰似乎没有听到，倏忽间便拐入了街边一条小巷。这是条普通的小城市的普通小巷子，小饭馆、小理发店、小旅馆、小垃圾堆鳞次栉比。阿兰的背影找不见了，我们两个气喘吁吁地在巷子口站了一会儿，然后就沿着小巷子往里走。走着走着，我站在一家不起眼的小旅馆门口，觉得自己俨然是一个通灵的人。

“走啊，”我前媳妇拉着我说，“再不走真跟丢了。”

我指着该旅馆门口的广告灯箱说：“昨儿晚上我梦见这女的了。”

旅馆叫“刘姐客栈”，灯箱广告上一个40岁上下的女人——大概就是刘姐本人吧——穿着一看就很廉价的粉色女式套装，露出热情洋溢的笑容和酒窝，一只手平举着，手上端的是四个竖着写的大字：刘姐客栈。旁边还有两行小字：24小时热水，今日有空房。这照片里的刘姐长着小瓜子脸，尖下巴，眼睛细而且长的吊向太阳穴，长得像个道行很深的狐仙。

我不顾我前媳妇同志的反对，拽着她走进旅店大门，里面是一座两层楼的四合院。院子里有两只藤椅和一些收拾得病恹恹的花花草草，院子当中拴着一只体型壮硕的大狗，看见我们走进来，甚是警觉地盯着我们看了一会儿。我们躲着那条狗喊了一声有人吗？大狗认定我们不是坏人，哼了一声继续趴着去了。

停了大约10秒钟，有个十七八岁的小女孩儿走出来，问我们是不是要住店，我们问她老板娘在不在？

这个小女孩儿就冲楼上喊了声刘姐，然后就消失了。

楼上有人用很标准的普通话（而不是当地带东北味儿的普通话）喊了一声“来了”，一阵窸窸窣窣，老板娘从楼上走了下来，果然是门口广告上那个人。刘姐穿了一件白色的“不到长城非好汉”T恤，黑色紧身牛仔裤，脚蹬粉色塑料凉拖。

“住店吗？”她问。

我半张着嘴说不出话，果然是我梦中见到的那位狐仙。

我前媳妇说："啊，是啊，先带我们看看房间吧。"

在这位刘姐的带领下，我和我前媳妇探头探脑地看了客房，我们都集中打量了一会儿刘姐，怎么看都是一普通旅店老板娘的样子。我前媳妇偷偷问我："你昨儿晚上真梦见这人了？"

我说："肯定没错，就是她。在梦里我把你给剁了，她冲我特诡异地笑来着。"

看房期间刘姐和我们攀谈起来，问我们从哪儿来的等等。她对我前媳妇赞赏有加，说在这种小地方难得见着这么标致的姑娘，后来她还问我们怎么刚进门的时候气喘吁吁的，我们说刚才碰上一个熟人想上去打招呼，没追上。

"您刚才看见了一个女的走过去吗，穿得挺好的，"我指着我前媳妇说，"长得跟她有点儿像。"

"没有见过，"刘姐说，"觉得我们的房间还可以吗？"

我前媳妇问刘姐："您认识榛子村吗？"

刘姐看了我们一下，然后笑着说："你们怎么知道榛子村的？本地人都很少有知道那地方的，在山沟里。那儿现在已经没什么人家了，很少有人去，大家都觉得那地方不吉祥。"

我们两个互相看了看，我前媳妇问："您说不吉祥是什么意思？"

"不是吓唬你们，去那儿玩儿的外乡人就经常失踪，你们还是考虑考虑去别的地方玩儿吧。"

我说："刘姐，我们就是要去榛子村，您知道我们该怎么去吗？"

"先去我家旅店住下吧，明天给你们找辆吉普进山。我老家就在榛子村。"

我和我前媳妇退到一边儿，像两个小老鼠似的嘀咕起来：

我靠，这个刘姐肯定不对劲，怎么办，这个店住不住呢?

太吓人了，那地方竟然还有人闹失踪。

那到底住不住呢?

废话，当然要住，不住你怎么去榛子村。

可是她要是随便把我拉到哪个山沟里宰了怎么办?

反正我长得好看实在不行还能当压寨夫人，宰也就是宰你一个，再说你不是都通灵过了吗，怕什么!

我靠，简直就是《新龙门客栈》啊……

但我们还是在这“刘姐客栈”住下了。

这天晚上，我们按照刘姐的介绍去附近一家当地饭馆吃了晚饭。当地野味，很好吃。

从饭馆里出来，我和我前媳妇都有点儿累了，挺着两个吃得浑圆的肚子往回走。我不知道这么说是不是合适，我觉得这趟旅行要是没有怪里怪气的起因和过程，它会是个很好的旅程。我们早该出来透透气，人呆在一个地方时间长了会呆死的。我们早该来吃一下这儿的蘑菇和山鸡，早该在特别像白天的晚上在凉爽的街上走一走。那年之前怎么没想起来，真傻。

这些年读了不少书，接触的生活事件也越来越多，即便是个缺乏社群经验的独生子女，也能明确地感觉到自己慢慢懂得一些事，可以多少以一个正常的、合理的、不具侵略性的方式与生活相处了。

无论要做什么事情，首先要学会好好生活。可我们最不熟悉的事情似乎就是生活本身，我们经常表错情会错意，错误地接收和回馈信号。我和我前媳妇走在灰白色的晴空之下，夜晚即将降临，晚风清爽。

"唉，小齐，你心情怎样?"

"还可以，比在北京时平静一些了。"

"以前的事我确实有做得不好的地方，所以后来很长时间都不敢见你。"

"我知道。"

"遇上解决不了的事我喜欢避而不见，我也不知道为什么，习惯了。我没想过那样会让你变本加厉地怀疑人生……回北京以后我还是要和小勇在一起，我喜欢他，他会选择我的。"

"我知道。不过，你怎么知道他会选择你?"

"……怎么说呢，我觉得会吧，这方面我还是挺自信的。现在事情也过去了，跟你说点儿大实话吧，只要是个男的，他跟我见第一面我就能知道他以后——不管是一天之后还是一年之后——会不会喜欢我，看他的眼神就知道，这也许是女人的第六感，也许是我的本事。当初去采访小勇，见他第一面我就知道他会追求我，就像当年见到你的时候一样。我不知道这算不算一个特异功能，反正迄今为止还没看走眼过。王晓甜和小勇在一起的时间确实长一些，不过在这种事儿上，怎么说呢，只要我分寸把握好，不紧不慢地接近猎物，还是可以成功捕获猎物的吧?"

"你想过没有，一旦你完全捕获之后，我和王晓甜会怎样? 小勇会怎样? 我不是指责你，就是说一个事实：什么事情都有一个度，都有一个习惯性的规律，人生就这么几十年，小勇和王晓甜这么多年就跟长在一块儿的俩人似的，工作生活都混在一起，这样一来一切都会走样……那感觉好像……"

"我没想过，你也知道，不论遇上什么事我都不会想太多，我还是相信直觉，直觉告诉我该怎么做我就怎么做。王晓甜，她确实可怜，但别人的事我管不了那么多，每个人能拥有的本来就不多，只有那么一点儿，有水摆在面前就喝，有饭摆在桌上就吃，不然能怎么样？这世界谁能体谅谁？谁又比谁更可怜？就拿你来说吧，当初你体谅过我吗？你老说对我多好多好，我怎么觉得这好应该足以让你放手，让我过想过的生活，这才是爱，可你至今都没能放手。我原先喜欢你，现在喜欢小勇，所以就离开你去找小勇，这事儿就这么简单！”

“相信直觉，生活得感性一点儿当然没错，可那不代表轻贱理性。这中间区别非常大。照你这个意思，是个人的直觉都会告诉他‘我要吃最好的饭、穿最好的衣服、戏最好的果儿’，那不叫相信直觉也不叫感性，那玩意儿叫欲望！”

“遵从欲望生活，有错吗？我倒觉得遵从欲望的人比像你这样充满欲望却满口规则的人要真实。”

“人人当然都逃不过欲望，而且人人都知道有些欲望可以付诸实施，而有些不能——你也知道银行钱多，怎么不去抢啊？这说明你也有规则，你遵从的那个不叫直觉，你无非也在照着自己的一套规则生活罢了。区别就是你管你那套规则叫直觉，而且你以直觉的名义认定它是真实，你还以直觉当幌子认定自己永远正确的真实，却不思悔改。其实直觉那东西就是洞穴里的火影，身后的理性才可靠！”

我前媳妇睁大了眼睛瞪着我：“你有什么权力教训我！我……”我前媳妇把后面要说的话噎住，她一直都是这样，在与我争论到无话可说的时候，无法用理性思考的最后一瞬间忽然陷入满含委屈的沉默。她不说话，我也就不说了。我们一起在北方这座加格达奇的小街上慢慢地走，等着黄昏渐渐暗下去，这时我很想拉着她的手却没有伸手，我猜想我前媳妇的心情或许像这天色一样渐渐暗淡。

“你跟你父母关系从小就不太好，和我分了以后好些了吗?”我不知怎么就问了一句，打破了沉默。

我前媳妇看着我说:“你为什么会这么说?”

“我只是在想，”我说，“你内心这么狂野，从小就是匹小野马，和我一起释放了大部分野性，但看来还有很多没有得以完全释放。”

“我真的不想跟你聊这些，”我前媳妇没精打采地说，“我是来跟你寻宝的，不是来听你教训我的。你不如跟我聊聊宝藏的事，你自己一直也没提过，如果真找到宝藏，你打算怎么处理?”

听她表明心意说自己关心宝藏，我怔怔地瞧了一会儿街景，小城就是小城，街上的人始终不多，但还是有一些散步的人。

说到这宝藏，毕竟麻烦是我的不是她的，她关心财宝也属正理，我想。至于如果，只是如果，真的发现宝藏之后……我跟古董界也没什么来往，真找到古玩字画之类的东西——比如牛老师那个冬瓶，“不如就卖给牛老师好了。”我说。

这时，远远地传来了警笛声，满街的人心中都一紧，立刻都站住了，向响声看去。两辆警车夹着一列黑闪闪亮晶晶的车队风驰电掣而来，当中是一辆红旗，前后各一辆奔驰，后面还跟着两辆奥迪 A6。满街的人都看着车队呼啸而过，尘土飞扬，人们扇着飞起的尘土。车队带着警笛声走远，路上的交通又恢复了平静。

“然后其余的都归你，你若是喜欢就都拿去好了。”我说。

“我 8 岁那年有一天放学回家，我爸我妈把我叫到跟前坐一块儿审我，非说我拿了他们抽屉里 16 块钱零钱，”我前媳妇没头没尾地说，“非得让我承认是我拿了，可我明明没拿！他们就给我讲道理，说什么做人要诚实，不诚实的孩子没有好下场什么的，别扯淡了，我明明没拿那16块钱！但他们就是认准了说是我拿的。后来我承认了，说是我拿了那钱，然后就没事儿了，他们都很满意很高兴，我也用不着听他们絮叨了。后来再有人委屈我，要给我讲道理，我就说：'对，你说得对，我错了。'然后就完了，我这么说你能明白吗？如果你一定要跟我较真，一定要把那些脏念头往我身上安，那我就再明白点儿告诉你：我们每个人都是棵小小的草芥，我们无非是努力抓住一切机会，让自己生存下去罢了。没什么真正的对错，没什么言之凿凿的正义，大道理只能拿出来吓唬人和伪装自己，人人到了最后都只是为了自己，都别充大个儿的！"

我想我是被我前媳妇言辞吓住了，我定神看着她，她却没看我，我说："真的，你《欲望都市》看太多了，还是跟我一起读点儿康德吧。"

"我这次跟你来东北，一方面希望你别再跟自己较真了，这事情过去了，搞得好大家以后还能做朋友；另一方面，也希望你以后别再找我和小勇的麻烦了，"我前媳妇无视我的玩笑，继续说，"其实我也没想好拿钱干什么用。回去拿钱砸死小勇？我没想好呢，反正有点儿钱总没错，你有100万人家就不好意思说你偷100块了吧？有点儿钱想干什么都行。你想来东北，你想我能陪着你一起来东北，你认为这样就是我在帮你，好吧，那我就跟你来东北——我没逼着你在北京就把地图卖给牛老师是吧，按说有1000万足够我们两个分了——可是不，我不逼着你那么做，就照你说的，我帮你也帮我自己。我们来看看榛子村到底有什么，满足我们彼此的好奇心和惊奇心，然后各自回去过平静的生活，然后就不要再互相打搅了，也不要再记得之前的事。"

我点点头，今天我前媳妇同志话蛮多的，有想法说出来总比不说要好。说着话我们走近了刘姐客栈，远远在街口就看见了刚才那一大列车队。警车兀自静默着闪动着警灯，几个警察在车队附近抽烟，周围有几个抱着胳膊或者小孩儿看热闹的群众。两个穿西装戴墨镜的人在街面上走了两遍，然后凑到车窗跟前说了两句什么，然后牛老师下车来，在几个官员模样的人的簇拥下在街上走，四处看一看，显得对这条小街道很有兴趣似的。

我和我前媳妇互相看了看，觉得牛老师真是神通广大，是来找我们的？或者是来找那个狐仙刘姐的？我躲在人后偷偷看牛老师，他还是那样，坐拥世界却满面愁容，一副拿下坡路的人生完全没有办法于是便彻底认命了的表情。

我和我前媳妇退到街对面的小卖铺，一人买了一瓶可乐喝，远远看着牛老师等人的动静。大约20分钟左右之后日薄西山，警察们捻了烟头钻回警车，警笛再次响起，牛老师及众官员与街面上的几个小商铺主亲切交谈之后坐回红旗车里，一路呼啸而去了。

周围看热闹的群众纷纷散去，街上又静了。

回到客栈，院子里一个人也没有，小春芽也不知道跑哪儿去了。我们跟那只大狗玩儿了一会儿，这家伙很喜欢有人摸它。我们躺在院子里的藤椅上晃悠，随口闲聊点儿什么，我前媳妇有点儿关心我辞职以后都干了些什么，我说没有什么大不了的，都是小事。

“你说牛老师会不会是冲咱俩来的？或者是冲着这刘姐客栈？”

“不晓得，他会不会是来找阿兰？到底阿兰和他聊什么了？顺着线索找过来，或者就是觉得这一片可能藏着什么，干脆把整条街买下来慢慢找。”

一直到晚上客栈里都没人出现，刘姐没露面，那个十七八岁的小春芽也没见着，其他房客更是一个也没有。天黑了，我和我前媳妇回屋看了会儿电视，我拿着遥控器随手换台，体育新闻、家庭伦理连续剧、综艺节目、新闻联播、百家讲坛，然后就在一个音乐节目看到了小勇。他正在充当一个音乐节目的客座主持人，跟他搭档的是一个小美女。小美女主持介绍小勇说他是潮流音乐人，我前媳妇躺在标间里另外一张床上，听见了小勇的声音就放下了手里的杂志，从我手里抢走遥控器，凑到电视前面盯着看。那节目中间插播了各种各样的歌手们的MV，然后放了一段小勇他们现场演出时候的视频，我能从侧面看到我前媳妇的脸上露出了欣喜的表情，她盯着电视，恨不得钻进去似的。然后，镜头扫向观众，前排欢呼跳跃的王晓甜的幸福的大脸至少占据了画面的四分之一。我前媳妇的脸一下子就拉下来了。

后来那个音乐节目结束了，我前媳妇把遥控器扔还给我，躺回去继续看杂志。我又扫了一会儿台，觉得实在没什么好看的就关了电视，关了电视以后房间里就安静了，这安静有点儿尴尬，我第一次切实感觉到我前媳妇真的喜欢小勇，她现在是不是正在心里阐发忧思呢？无论如何，她现在遇上的麻烦似乎也小不到哪儿去，您本将心向明月，奈何明月照沟渠，天下最无解的事莫过如此啊。

我看了我前媳妇一会儿，她拿杂志遮着脸，我看不见她的脸。

“嗨，我问你个事儿。”

“嗯？”她从杂志后面露出眼睛瞥了我一眼。

“可能你听着有点儿不舒服，不过我确实很想知道，从咱们分手那天我就在想这个问题，你务必诚实地告诉我。”

“你说吧。”

“他床上怎么样？”我说。

我前媳妇被我逗笑了，放下杂志看着我说你什么意思。

“我是说，他怎么样，你们俩和谐吗？”

“你觉得呢？”

“我觉得，应该不错吧……”

“是不错。”

“那……谁比较强一点儿？”

“啊？”

“我确实挺好奇的，没别的意思，其实一直想问来着，”我尽量摆出讨论数理问题的表情问她，“跟他是不是更好一些？”

我前媳妇有点儿吃惊似的盯着我看了5秒钟，确定我是认真的之后，她说：“我跟他在一起的时间比我跟你在一起的时间都长了，你想问的就是这个？太无聊了吧，你们这些男的在这种问题上非得一辈子都这么幼稚吗？我有必要回答你这种问题吗？”

我被她说得也有点儿不好意思，就左顾右盼了一会儿没说话。

我前媳妇看了我一会儿，忽然露出阴谋家的嘴脸问我说：“你真想知道？”

我脱口而出说是啊，但是一说出来我就后悔了。我前媳妇看着我，我和她对视了一会儿，觉得她嘴唇只要动一动就能把我的自尊心像碾死蚂蚁一样碾成个球。

我笑了笑说：“算了，也不是非要知道。”

我前媳妇躺下哼了一声，钻进被子把自己裹得严严实实地睡了，我知道她睡不着，只是不想再跟我说话罢了，我便也关了灯躺下。

我的眼睛虽然闭着，但能看见各种各样的画面犹如电影匆匆而过，我前媳妇的裸体，微微翘起的乳房水滑的皮肤柔软的腰，小勇在亲吻她，他们都出了不少的汗，呼哧带喘，想必双方都很满意。到底谁更好一些呢？生存还是毁灭，这是个问题啊。我为了不要再看见如此三俗的画面，就睁开了眼睛，盯着虚空看了一会儿就觉得眼睛酸痛。

陌生的天花板上有一道从窗帘外透进来的光亮，大概是街上的路灯。

她就躺在旁边的床上，背对着我，我睡不着，我知道她也没有睡着。躺在旁边床上的这个女人，我到底还爱不爱她呢？我以为这个问题我早已思考明白并且盖棺定论了，可问题是，如果我对她的爱和恨真的都已经烟消云散，如今我心底隐隐作痛又是因为什么呢，作为一个男性灵长类动物的低级趣味？不该是这么初级的东西啊，我用了那么多的时间读书，和这个世界上曾经出现过的聪明人们对话，听他们摆事实讲道理，然后我现在一闭上眼睛就过小电影，这太愚蠢了。

我抹一抹眼睛爬起来，套了件外套，拿上烟出了房间，带上门的时候尽量的轻，虽然我知道她肯定也没有睡着。

刘姐客栈的小院里有虫鸣，月光微末洒在地上，我轻轻开了虚掩着的院门，站到门口街面上抽烟。基本没有什么路灯，刚才在天花板上看见的是月光，月光真亮。夏天的夜晚也还是夜晚，冰凉又寂静，烟一吐出去就散了。多年培养出来的人生经验，终于还是没能让我避免收获深沉的别扭，真可笑。

我听到身后院子里有人从房间中走出来，一开始我以为是刘姐或者小春芽，她打开了门也看到了我，是阿兰。

她看到我微微吃了一惊，说："呀，你住在这儿了？"

我的心则微微动了一下。晚风有一点凉，街道上有一股淡淡的泔水味，而阿兰像是来自另外一个世界的人。这个长得和我前媳妇一模一样的女人，她穿了一条白色的长裙，戴着礼服手套的手里攥着一只金色的小坤包。阿兰的头发精心修饰过，耳朵和项下都佩戴着闪闪发光的首饰，她露出了一些胸口，钻石项链上最大的那一颗闪闪烁烁地躺在乳沟里。我闻到一股香气随着她扑面而来，脸就红了。

“这么晚了，睡不着吗?”

“啊，有一点。”

“觉得委屈了?”

“啊?”

“没有吗?”

“没有。”

“有烟吗?”阿兰说。

我从烟盒里拿出两根，分给阿兰一根给她点上火，自己也抽了起来。烟雾还是一吹就散，抬头看看天上，月亮又大了一圈儿。此时此刻，我能清晰地听到自己血管的跳动声，我想和她多聊一会儿，一时又不知道该说些什么。

“你穿成这样，是要出门?”

“是啊，等会儿我弟弟来接我，去参加一个舞会。”

正说着话，街那头有一辆车开了过来，车灯晃得我睁不开眼睛，待车驶近了，才看出来是辆闪闪发亮的橙黄色 MINI Cooper。小车鲜艳地碾过路边的垃圾和橘子皮，神气活现地停在了我们面前。下来一个西装革履的年轻人，小伙子长得干净漂亮，穿着气质包括他这辆车都与周围环境格格不入，鼻梁上架着个一看就知道不是便宜货的眼镜。他像审查我对阿兰的危险性似的看了我一眼，然后文绉绉地说：“姐姐，这位先生是?”

我说我姓齐，跟阿兰在北京见过。

“哦，敝人姓孙，您叫我小孙就可以。”过于考究的小孙冲我点点头，为了避免与我对视似的推了推眼镜，他说，“姐姐，我们要迟到了。”

阿兰扔掉抽了一半的烟，一边往车上走一边问我：“要是没有什么事可以一起去，牛老师也在。”

我看了一眼小孙，他冲我欠欠身便钻入了汽车，我对阿兰说不必了，你们玩儿吧。

我看着汽车开远，碾灭地上的烟头，回房睡觉去了。

就像是忽然而至的噩耗，半夜有人敲门。

我推醒我前媳妇，说你听见了吗？

“听见什么？”我前媳妇迷迷糊糊地说。

敲门声再次传来，我们俩一抖激灵坐起来，喊了声谁，没人应，我开了灯去开门，是刚才那个西服笔挺的小孙。他在门口略带歉意地笑了笑，说打扰你们了，听说你们明天一早就要去榛子村，我想和你们谈谈。

“自我介绍一下，敝人姓孙，我的朋友一般都称呼我小孙。”这个过于考究的小孙坐在房间里仅有的一把折叠椅子上，我和我前媳妇坐在对面的床。

“首先非常抱歉这么晚打搅你们，尤其是还有女士在场，但我实在觉得有必要在明早之前和你们谈一谈。在我们开始谈话之前，我首先想提出一个小小的请求，没有任何冒犯的意思，只是恳请你们与刘姐说话的时候尽量客气一些——当然，我没有指责您二位之前对刘姐不够礼貌，完全没有。只是提个建议，纯属我以及我的许多朋友个人感情上的原因，毕竟，她对于我以及我的许多朋友来说是非常值得尊敬的人——甚至都不止于此。如果能照办的话，我会非常感激。”

我看着眼前这个自称小孙的人，心想这人说话怎么跟 19 世纪法国文学似的。这人难道是个演员吗？或者就是从哪个公爵夫人给巴尔扎克办的茶话会匆匆赶来的？我和我前媳妇都不知道该怎么接这个小孙的话。

小孙在椅子上略略欠了一下身，他接着说：“就目前的状况来说，我已经大概明白姐姐为什么要把地图给你们，想必你们也能明白……”

“因为她长得跟阿兰像？”我试探着问。

过于考究的小孙看了我一下，然后勉为其难地说：“算是吧。”

“你姐姐为什么要这么做，她们俩有什么关系吗？”我看了看我前媳妇，问小孙。

小孙略欠欠身子说：“抱歉，我今天来不是回答问题的，不单是这个问题，今天我应该不会回答您的任何问题，请见谅。其实呢，总体上人类的好奇心是个很危险的东西，尤其是现在……更何况，姐姐给了你们这张地图对你们来说并不是什么特别重要的事——请相信我，遇上我和刘姐对你们来说才具有实际意义。”

说着小孙看了我们一眼：“我用这个频道跟您交谈，不知道您二位是否能够接受……”

“啊，还行吧。”我说。

“我想也是可以的，刚才在宴会上，牛老师也说见过您，他对你们的评价不错……我相信我们还是能够进行良好沟通的，你知道，有时候不同群体之间言辞本身的误读是非常尴尬的——信仰、文化、生活背景，甚至包括性别的差异等等，所有这些都有可能是误会的发端。继续刚才说的，从理性的角度讲，好奇心这东西未必是什么好东西，只有不安于现状的失败者和野心家才一直保有那东西，眼前的你们二位就是很好的例子——你们难道没想过吗，这趟好奇心之旅搞不好会要了你们的命，不但得不到你们所希望的，反而会失去更多。说真的，如果我是你们，明天一早掉头就走，妄图探究全世界的人太愚蠢了。”

我前媳妇说：“其实，我也不是非要来不可，是他非要来，我倒不介意随时走人……”

小孙对我前媳妇的话似乎很不满意似的，他清了一下喉咙，调整了一下坐姿，回到过于考究的腔调说：“既然您都这么说了，我呢，不妨有什么话也直接说出来。姐姐给你们的那份地图，是我家的东西，她给了你们这事我个人有意见，刚刚我们还在争论这个事。现在，我想知道你们能不能把地图给我？”

“简单地说，刘姐既然已经答应带你们去榛子村，你们的目的就已经达到了，而有些更需要那份地图的人还在翘首期盼。这就好像你已经通过了安检坐在飞机座位上，那张登机牌对你们来说变得可有可无。而如果你把它还给某些可以化腐朽为神奇的人，比如我，却可以派上其他用场……”

“你是说，这地图其实是门票？”

过于考究的小孙字斟句酌地说：“我想您或许没有完全搞清我这次拜访的用意……我不是来给您答疑解惑的，刚才我也说了，好奇心这个怪胎终归不像人类自己以为的那样具有建设性意义。如果您能认识到此时此刻的状况我会非常欣慰——就我所知，您主观上是不是愿意把地图交还，对于‘交还’这个结果来说产生不了任何影响。”

我说：“那怎么着，您还想直接把东西抢走？”

“您或许忘了，那东西本来就不属于你们。”

“是你姐姐给我的。”

“这么说，我只能用别的方法把东西拿走咯？”小孙说。

“那你试试呗。”我说。

小孙的表情没有变，但是他周围的空气、他昂贵的西服和眼镜都流露出了些许不耐烦，这个很容易能感觉到。我们俩看着对方的眼睛，互不相让，沉默酝酿出了一种类似于压抑的气氛，暴力气息噼啪作响地从小孙文质彬彬的沉默背后涌出来。

噼里啪啦的沉默维持了一会儿，我前媳妇从沉默的床边站起来，找了个杯子，用旅馆的热水泡了杯茶，我和小孙都有点儿莫名其妙地看着她。我前媳妇小心翼翼地端着茶杯走过来，递给小孙，很客气地说了句“喝茶”。小孙赶紧从噼里啪啦的频道换回文质彬彬的频道，站起身来接过茶杯。茶杯有点儿烫，他再坐下的时候发现身边没有可以放茶杯的地方，只好捏在手里。烫手的茶杯让坐在椅子上的小孙多少有些尴尬，换作我的话就会把茶杯先放在地上，他就不行，他是过于考究的小孙，所以只好以尽量不被人发现的动作左右手换着拿茶杯。

我前媳妇小声跟我说：“我们把东西给他吧，这本来就不属于我们，半途还有人一直惦记，我总有点不祥的预感。”

窗外的蟋蟀声在沉默的空间内漂浮着，我把视线从小孙身上移开，看见灯光在地板上的投影拖得很长，像是一只性情平和的怪兽。

我前媳妇没等我回答就站起来，开始翻腾着我的背包。我赶紧走到她跟前，按住她的手，示意她不要这么做。我前媳妇的手显然是凉的，而且是已经有些颤抖了。我赶紧抓住她。

过于考究的小孙下意识地欠了欠身，恭敬地走到我们跟前，说：“这样吧，如果你们给我，我可以保证明天刘姐会亲自带你们去榛子村走一趟，那已经是足够奢侈的赏赐了。或许，目前你们对来这里的好处还没有完全意识到……”

我和我前媳妇对视，仿佛彼此在这一刻有了前所未有的一次心灵沟通，而这种心灵沟通像是某种置换和同病相怜的安慰，我们对过于考究的小孙的说法似乎有了某种战略上的认同，我松开了她的手，她终于从我的大背包里掏出了蓝绒布包，拿给了过于考究的小孙，小孙放下杯子，喜出望外地欠身接过包裹，当场打开仔细查验了一番，然后抬起头，很满意似的看着我们俩。

这时，我前媳妇却忙说谢谢。

“这门票，我是说这地图你打算给谁？牛老师吗？”我问。

小孙定定看了我一会儿，说：“他是个可怜的人，值得同情。”

小孙与我前媳妇握手道别，临出房门的时候，又伸出手来和我也握了一下，他的手倒是热的。

他走出去又转回身，看着我们俩说：“以我的身份不太应该说下面的话，希望我后面所说的话仅仅停留在这个房间之内。”

小孙推了推眼镜，似乎是想借助这个动作遮挡一下脸，他说：“一般情况下，越是具有冠冕堂皇的意义的选择往往越是错误的，因为只有错误的选择才需要理由。去榛子村看看对你们都有好处，但是，恕我直言，最好不要去红圈。”

说着，过于考究的小孙略略欠欠身，穿着过于考究的西服，在过于寻常的旅店楼道内走了一会儿，皮鞋发出咔哒咔哒的声响，转过走廊拐弯消失了。

关了门，我们互相看着笑了。我前媳妇说我知道你要说什么，我觉得小孙人不错，你不许奚落人家。

“我没想奚落他啊，我也觉得这人挺好的，除了不爱说人话以外……”我疑惑着上了床。

她是神的选民　一

加格达奇的早晨像所有陌生小城的早晨一样清澈新鲜，空气中有许多清晨的水雾飘浮着，就好像你每呼吸一口这儿的空气，那些水雾都会进入你的身体，清洁你的肺叶。

我和我前媳妇背着我们的行李来到旅店门口，刘姐已经等在那儿了。她正坐在门口的椅子上织毛衣，脚边放着她的行李。刘姐看到我们来了，就很高兴地招呼我们说稍微等一下，车马上就来。

待我和我前媳妇走近了，她又问我们昨天睡的好不好？“我们小地方不比你们北京，住得还习惯吧？”

我们赶紧说很好很舒适什么的。

我试探着说：“昨天有个自称姓孙的人找我们来着。”

刘姐说：“哦，我知道，小孙是我儿子。”

刘姐说话的样子再平常不过，就好像昨天小孙仅仅是来给我们送了趟开水。

我又试探着说：“他昨天从我们这儿拿了点儿东西走……”

刘姐说：“小孙找你们要东西了？这孩子！他拿什么了，怎么好随便找人要东西！”

“一张地图，在北京的时候一个叫阿兰的女孩儿给我的。”

“哦，阿兰给你们的啊！嗨，这姐弟俩啊！”

我和我前媳妇不约而同地对视着。正说着车来了，是一辆老旧得不像样的三菱大山猫，司机是个随处可见的小镇上那种抽烟抽得很凶的消瘦大叔。刘姐管他叫老王，跟他用本地话愉快地交谈着，对其表示感谢，还塞了一条红梅烟给他，在一番双方都很强硬的推托和坚持之后，面色黑黄的消瘦大叔抱怨着刘姐的过于客气，把烟扔进了副驾驶的物品箱内。后备箱里塞满了各种编织袋，有化肥，也有鸡饲料，还有桶装的油漆。

我们帮忙搬了刘姐的编织袋上车，一行人正待出发，听得院外一阵车马喧哗，牛老师怀里抱着个公文包，探头探脑地走了进来。

刘姐笑着说：“呀，牛老师，您怎么来了？”显然是很殷勤的样子。

牛老师眼神在众人脸上转了一圈，很客气地对刘姐说：“还是上回的事，带上我吧。”

牛老师又压低声音说了什么，打开包要给刘姐看里面的东西，刘姐也不看，很开朗地说：“牛老师您这么有身份的人怎么好这样！这不合适啊。”

牛老师很快地瞧了我一眼，又压低声音说了什么。

刘姐说：“这不合规矩啊，车上就这么大地方，拉谁不拉谁啊？要不你们商量一下，看到底谁上车！你们两个后生也真是……”

这最后一句显然是冲我们说的。

“能坐下，能坐下，”牛老师嘴里说着，冲我递了个眼色，“挤挤能坐下，是不是？”

“是啊，刘姐，一辆车坐五个人，挤挤呗，我们没意见。”

刘姐很为难的样子，她说：“不是你们有没有意见的事儿，这不合规

擦筆

矩。现在的人怎么都这样，全都抢，全都凑合，挤挤是能到，到了你们谁能舒服了？”

牛老师说：“您通融一下……”

刘姐对我们说：“现在地图是人家牛老师的，要不你们两个不要去了。”

我和我前媳妇互相看了看，牛老师搓着手，一副不知道该怎么办的样子。

牛老师赔着笑脸说：“我这趟来不就是发展咱们这片儿旅游经济的吗，我这算随队考察，昨天书记不是和您说了嘛。到时候村里想怎么建设，您说话，我给咱们村捐个希望小学吧！按城里学校的标准来，塑胶跑道、三层教学楼配食堂、建足球场篮球场……”

刘姐摆摆手，问司机老王行不行。老王抽着烟哼了一声没说话，一副事不关己的模样看向院外，外面一群小官员模样的人正探头探脑往里看呢。

一开始刘姐说牛老师块头大，让他坐副驾驶，牛老师说什么也不干，抱着公文包和我们两个挤在后排。上车以后还小声跟我说：“不好意思了，小子，给你们添麻烦了。”

“没事，牛老师，您这么德高望重的人，何必呢。”我说。

牛老师露出无可奈何的苦笑。

司机老王扔了烟头，发动汽车开出院门。院外的小路几乎被武警、公安、各路官员的黑色小轿车挤满了，众人都一副莫名其妙的表情看着牛老师坐着这辆破旧不堪的三菱大山猫扬长而去。

车子穿过市区，经过各种宏伟的政府大楼和老旧的居民小区，慢慢出了城。一开始走的是高速，后来走大货车呼啸而过的国道，再后来忽然一拐弯，上了一条往山里去的破旧土路。我们进山两个小时之后，在路上已经看不到别的车了。司机老王在路上从始至终没跟我们说过任何一句话，甚至看都没看我们一眼。在崎岖的山路间，他常常一边抽着烟，一边用单手控制着车子飞驰在悬崖峭壁之间。刘姐在副驾驶席上织毛衣，山路太颠簸了，她就停一会儿，随口陪我们说说话。

“现在这个季节来榛子村最好了，要是等到九月份以后再来就开始冷了，一下雪就肯定封山了，”刘姐回过头来冲我们笑笑，“呀，你们都系上安全带啦?”

“是啊，山路太颠了……”我前媳妇笑着，自打进山之后，她就觉得特别好玩儿，她平时在游乐场最喜欢翻滚过山车。

“唉，你们这些城里的孩子啊，能坐这么好的车进山就不错啦，以前啊，我们进山出山坐的都是运木材的卡车。进山的时候还好，车斗里是空的嘛，出山的时候可就吓人咯，装得满满的都是木材，全村老小就坐在那些木材上，连个把手都没有，车一晃，人就全都飞起来……”

“难道不会被甩下山去吗?!”我吃惊地说。

“不至于，所有人都搂着坐在一起，互相把着腿、把着肩膀的，不会有人被甩出去的。”

路是黄土的，车左右晃动，上下晃动，上下左右晃动，周围全部是高耸入云的松树。越是向大山深处开，周围的树木就越高耸，曾经有一阵子，我们的车在山里开了大约半个小时竟然始终没有见到太阳。有时候路边的树木忽然消失，映入眼帘的就是路旁的悬崖和一望无际的山峦，我甚至略略有些担忧，要是车忽然坏在路上了怎么办呢？自打我们进山以来，没有见过任何迎面开来的车。

中午我们在一条溪水边停下来休息，吃刘姐随身带的馒头，还洗了几根黄瓜生吃。

牛老师四处望了望，忽然说：“我跟你们说过没有，我中学毕业以后在东北建设兵团呆过半年？”

“不是在这片儿，是三江平原那边。东北好地方啊，我记得有一次我们团部警卫班的上山去打野物，打回来一只大老虎，那老虎皮铺开来能填满一个小会议室，整个团吃了一星期的老虎肉馅饺子；熊掌也没人吃，都嫌太腻了；大马哈鱼，也就是现在人说的三文鱼，当时我们只吃中段和鱼子，鱼头尾巴都没人吃。我上东北来那半年可真是开荤了。”

“这儿没老虎吧？”我前媳妇说着看了看溪水边的刘姐和老王。

我问牛老师：“怎么呆了半年就回来了？”

“那时候年轻呗，有点儿门路的人谁不回城啊。我比老三届那拨人小不少，我过来东北那会儿已经是建设兵团晚期了，这人啊，过一辈子都像是给以后作准备似的，总觉得后面有更好的人生等着自己，等老了，回头一看才觉得当时才是好日子。”

牛老师说完意味深长地看了我一眼。

“你们跟爸妈关系怎么样？你们父母这代人最操蛋了知道吗？”牛老师说着说着被自己逗笑了，“他们被这个世界搞得惨，把这个世界搞得更惨。年轻的时候打砸抢，然后被发出城去滥砍滥伐，然后回了城没文化，一个个弄得跟没人管的野狗似的。然后就是撑死胆儿大的饿死胆儿小的，现在当官的不都是这拨人吗，想抓贪官最容易了，把我这种古董商人的客户名单弄走，一个一个枪毙过去没有几个是冤枉的。”

我问牛老师您这是怎么了，您跟我们这些小孩儿说这些，我没法儿接话啊。

牛老师看了看远处的刘姐，又看了看我前媳妇，他说：“来到这种大山里，一闻树味儿就觉得自己又年轻了似的，到我这岁数就好个怀旧了。我这两年有点儿后悔没一直干文学出版社的编辑，当时我要是胆子小点儿，饿归饿，总能……嗨，想什么都是白搭，再让我活一遍我还照现在这样。小子，种什么因得什么果，这话懂吧？”

刘姐远远地喊了我们一声，牛老师就闭嘴了。刘姐让我们上车，她说：“走吧，就快到了，已经走了一半了。”

到下午 4 点钟，道路又重新变得整齐了一些。在一片视野很好的山梁上，三菱大山猫开始减速，我们向车窗外望去，看到路中间盖着一座木头房子。

车开到房子跟前停下，按了两下喇叭，没有人出来，小木屋依然霸道地占据山路正中间。刘姐跟我们说：“下车休息一下吧，看门人可能有什么事儿出去了。”

我们都走下车伸懒腰，刘姐跟老王说：“可能林子里临时出了事，平常这个时候看门人肯定在家的。”

极端消瘦的老王，嘴里叼着烟“唔”了一声算是回答。

小木屋的大门虚掩着，门前空地上有个狗食盆，还有个类似狗窝的东西隐藏在荒草堆旁边。大约 5 分钟之后，东边树林中一阵响动，从路旁的灌木丛里蹿出一只大黄狗，体型大约有城里普通金毛一个半大，站起来足有一人高。大黄狗冲到刘姐和老王那里摇尾巴，又冲我们叫了两声。不一会儿，林子里走出来一个身材高大的中年男子，此人微胖无胡须，月饼般的脸上架着一副小圆眼镜，穿着颜色鲜艳的登山服，手里还拄着一根专业登山杖。怎么看怎么像一个每天在高楼大厦里上下班的小白领，周末去近郊业余爬爬山的那种。

刘姐跟他打招呼，问是不是巡山去了？

看门人憨笑着点头称是，一边嘟囔着“真热，真热”，一边拿随身带的毛巾擦汗。大黄狗想必很久没见到这么多人了，在我们周围摇着尾巴转来转去。我觉得这个看门人有点儿可怕，我这辈子也没见过像他这么客气和善的人，和善得像假的。更何况，作为一个多少有点儿虎背熊腰的大白胖子，他一笑就让我不由自主地想起“笑面虎”这个词。他冲我们一笑一鞠躬，我立刻就觉得后背的汗毛一阵晃动。

看门人擦完汗，看了我们一圈，像是等什么指示似的。

刘姐说：“我们登记一下就进村了……”

看门人恍然大悟似的说：“哦！你们还没登记！”

看门人跑回去抱了个笔记本出来，捧着，一边念叨着“刘姐”“老王”，一边往上写着什么，然后特别客气地问：“您二位是？”

刘姐说：“阿兰介绍来的朋友，要在村子里住几天。”

“您呢？”

“我姓牛……”

“这是小孙介绍的，算随队考察吧，县里领导说让带上牛老师。”

“哟，是吗！比往年人多啊！”看门人看看刘姐又看看老王。

刘姐说：“唉，我也正发愁呢，小孙这孩子大了，做事也不跟我商量！”

看门人笑呵呵地点头说：“叛逆期，叛逆期……”

他让我们在笔记本上写上了各自的名字、住址、工作单位，并在表格最后签名。

他把笔记本合拢，递给大黄狗，大黄狗摇着尾巴叼过笔记本，小跑着送回屋里去了。

刘姐和看门人寒暄了几句，我们便道别上车了，看门人跑到小木屋旁边，推动了一个类似铁道扳道的东西，这扳道很不起眼，我们在木屋旁边呆了半天，根本都没注意到还有这么个东西。车子发动，从小木屋旁边绕了过去，大黄狗站在看门人旁边吼着向我们道别。我们也向看门人和大黄狗挥手，我从后车窗看见看门人待我们走远，又把那铁道扳道扳了回去。

我小声问牛老师这什么情况？

牛老师摇摇头，没说话。

过了看门人住的山岭，沿着一条小溪奔驰了一会儿之后，刘姐指着远处一个山坳说，到了。

榛子村坐落在两座苍翠青山之下，新旧不一的房屋顺山谷、溪水和山脚的缓坡蔓延开去。有很多房屋看上去像是空的。

我们一进村子，就有好多小孩儿从村口跟着我们的车子跑，车子在村子中央停下来，消瘦的司机老王拿上烟和打火机就消失了。我们走下车来，孩子们围着刘姐，抱着她的腿，有几个没挤进去的就好奇地看着我和我前媳妇。刘姐对唧唧喳喳的孩子们说："这个是哥哥。"

小孩儿们就一起扯直了嗓子喊："哥！哥！"

刘姐又说："这个是姐姐。"

小孩儿们就又扯直了嗓子喊："姐！姐！"

我们都被喊傻了，赶紧摘下旅行包使劲找，我前媳妇很懊恼地说："早知道应该带点儿糖来……"

我们在旅行包里翻了半天，找出两罐口香糖，本来是打算在没法儿刷牙的时候代替牙膏的。口香糖一人两颗，分的时候我和我前媳妇都非常懊恼，非常非常懊恼，一边儿分，一边儿互相小声说："小孙怎么没告诉咱们这儿有这么多小孩儿，早知道该问问刘姐的……"

刘姐问我们："你们是上我屋坐会儿，还是跟孩子们玩儿会儿去？"

小孩儿们都喊："去玩儿吧！"

牛老师说："我不去了，我跟您聊会儿！"

我看看抱着腿的小朋友们，又看看我前媳妇。

我前媳妇说："那我们跟大家玩儿会儿去吧。"

刘姐点点头，跟一个小男孩儿说："刘航，带哥哥姐姐在咱们村子看看，他们第一次来，玩儿一会儿就带哥哥姐姐去客房，别让人家累着了。"

一个正拽着我的衣服看着我的小男孩儿特别高兴地答应着说："哎！"

然后拽着我的衣服继续仰头看着我。

刘姐看着我们笑了笑，就向远处的一个不怎么起眼的小屋子走去了，牛老师抱着公文包在后面亦步亦趋地跟着。村子里的成年人有的扛着锄头从我们面前走过，有的站在门口看着我们，所有人见到刘姐都很高兴。

刘航好像是这些孩子里的孩子王，他说要带我们去看村子旁边的河，说是那儿能钓鱼。有个脸蛋漂亮得像瓷娃娃似的小女孩儿代表其他小孩儿跟刘航谈判，她说："刘航，让我们也跟哥哥姐姐去玩儿吧。"

刘航说不行，人多了太闹了。

小女孩儿和别的小孩儿就特别眼巴巴地看着我们。我前媳妇赶紧说："那，刘航，大家想去就一起去嘛，我们不嫌闹。"

刘航仔细思考了一会儿，跟那小女孩儿说："行吧，不过你们不能太闹了！"

以小女孩儿为首的小孩儿们很认真地点了头，然后几个小孩儿争先恐后地把我们的旅行包抱去刘姐的屋子，我前媳妇说要自己背过去，旅行包太沉了。小孩儿们根本不理她，四个人抬一个包一下就奔到刘姐指的屋子去了。

榛子村里的天空相当之高耸，云彩也好看。

当你真的见到那种高大、苍老到神圣的树木，你就会觉得你见到了神在现实世界中的实体。从榛子村的小路往山上走一小会儿，你就会遇上许多这样的树木。在许多神的身体之间穿行，那感觉非常奇妙，你会觉得神到底是神，果然不同凡响。

就我个人而言，当时还有一个感受：对远古时期的先人们一直心存敬佩。当整个世界到处都是拔地而起的、庄严的“神”的时候，我们的祖先该具有怎样的勇气才能拿着斧头面对？然后，他们该具备怎样的心理素质才敢于将“神”放倒？当我在“神”的身边穿行时，我完全无法想象祖先们到底抵抗住怎样的恐惧，先人确实令人匪夷所思，他们敢于砍倒“神”。时至今日我们还有人敢于这么做吗？

有时候，我真希望让“神”将我杀死，死于“神”的屠刀之下，总比死于交通事故、死于无聊的疾病要好得多。

我问刘航：“小子，以前见过一个叫阿兰的姐姐吗？跟那个姐姐长得好像的。”

刘航说：“哥，你说啥呢，那不就是阿兰姐姐吗？”

我笑了，喊我前媳妇，说：“你听见了吗，这小子说你是阿兰！”

我前媳妇左右手各拉着一个小姑娘，回头笑我，她说：“没准儿我就是啊！”

我分不清我前媳妇同志这是神经错乱了还是逗我玩儿。其他小孩儿们都簇拥着我前媳妇走在前面，说说笑笑的，那样子就像是一个新来的漂亮实习老师，带着心满意足的小学生们去郊游。走了大约10分钟，我们听到了隆隆的水声，又走了一会儿，刘航说："到了，这儿可以钓鱼。"

在我们眼前的是一座瀑布，之下一潭泉水深不见底，一条小溪顺深潭以南流入林间，时值傍晚，波光粼粼的水声钟鼓齐鸣，流水于蒸腾的雾气中间映出彩虹，一阵微风吹过，几只蜻蜓和风一起飘向远方。孩子们拽着我们的衣角要带我们去看鱼，但我和我前媳妇谁也没动。这地方我们好像很久以前来过，或者就是在哪个描述天涯海角美丽景致的纪录片里见过，真像是从幻想里拔下来的景色。池塘里的水不冷，瀑布隆隆而下，蒸腾起来的雾气甚至让人恍惚间觉得水是热的。我们都脱了鞋，卷起裤腿儿下水，蹚到对岸，水几乎是暖的，石头上的青苔在水底隐隐显出暗绿，手掌大小的鱼在水草间穿行，岸边的草还没有黄，树叶也还没有凋零的迹象。

我前媳妇对我说："多钓点儿鱼啊！"

然后就和女孩儿们一起说笑着跑进树林里去了，我、刘航还有其他男孩儿则站在岸边，伸下钓竿钓鱼。我有点儿心不在焉，总是钓不到，刘航他们一旦发现哪个地方鱼比较容易上钩，就把我叫过去，说："哥，这儿鱼多，你在这儿钓。"

后来女孩儿们从林子里回来，每人头上戴了一个花环，手里还拿着一个，我前媳妇把手里的花环戴在我脑袋上说："我们编的，好看吧！"

我有点儿不好意思，但是又不便摘下来驳人家的情，从别的男孩儿脑袋上的花环看，都是拿林子里的小野花编的，确实很好看，有的男孩儿很不乐意被戴上花环，像刘航就被一个小女孩儿追的在溪水里跑。我前媳妇去男孩儿那儿各自看看收获，摸着一个男孩儿的脑袋说抓了这么多鱼啊！真厉害！那男孩儿露出了“得到漂亮的实习老师表扬的小学男生”那样的表情。

我双脚泡在水里，远远望过去，我前媳妇和小朋友们嬉戏的纯洁模样让人恍若隔世，我硬了。

有一阵子，我们每天都没什么事情好做，其实我该干的工作，她该写的论文都还放在那里，但我们就是觉得没什么别的事好做。只是很偶然地才和朋友们出去喝喝酒，大部分时间，我们每天在她学校里闲逛，说很多的话，然后打一辆出租车，或者干脆就一直说着话走路回到我那里。回去了也没什么特别的事可做，就是很单纯地抱在一起，挤在客厅的沙发上，身上总是汗津津的。我吻她的额头，整个人由里及外的空泛，不想动，懒得动，我在她怀里，觉得自己变成了白花花的云朵，你要带我到哪儿去呢？你是夏天草地上的风，你动一动身体，我就把自己放在你的乳房上，你再动一动身体，我就把自己放在你平坦的小腹上。我跟着你身体的曲线延伸我的身体，我感到我们在共用一个身体。她打开身体的时候，我就像把刀子似的突进去，她的身体迅速绷紧，整个人像把被拉满的弓似的呻吟着向后仰过去。一阵犯罪快感缭绕在空气中，她的手在我的腰和后背上拍打着，催促着我，仿佛要把我整个塞进她的身体里去。一阵电流从脚下涌起，我看到她眼中涌起一股悲喜交加的渴望，电流在全身在脑后爆破，一股美妙的空虚袭来，我们喘着粗气看着对方，她把手伸下去检查了一下，然后看着自己手上黏糊糊的精液笑着说：真多啊，齐老师。

是啊！真多。就像我们的回忆一样数以亿计纷至沓来，我看着我前媳妇带着小朋友们走在前面有说有笑的，觉得这趟旅程挺好，至少让我想起了许多好事。

刘航拽了拽我的衣角，问我怎么了。

“我挺好啊，怎么了?”

“你半天没说话了。”

“哦，没事，我想点儿事情，”我说，“刘航，我问你，刘姐是你们什么人啊?”

刘航当时正拽着我的衣角深一脚浅一脚地小跑着，听我问这个问题，惊讶地回答：“刘姐是妈妈啊。”

簇拥着我和我前媳妇的小孩儿们也特别高兴地说：“刘姐是我们的妈妈。”

我说：“你们都是刘姐收养的孩子?”

刘航说：“不是啊，我们都是妈妈生的啊。”

我说：“那你们爸爸呢?”

刘航说：“我们没有爸爸，我们的爸爸是神。”

我说：“刘航，这世界上没有神。”

刘航攥住我的手说：“哥，你可别乱说，妈妈要不高兴的。”

我前媳妇回头看了我一眼。妈的，我坐了稀奇古怪的25个小时火车和8个小时能把胃酸颠出来的汽车，不远千里，竟然来到了封建迷信会道门总部，不过，这一切真的有点奇怪。

刘姐给我们安排的屋子和这个村子里其他屋子是一样的，都是那种特别典型的东北农村的房屋。房子很低矮，个子高的人需要弯腰。一进门先是有个堆放杂物的门厅，然后是左右两个带有土炕的可以住人的房间。牛老师被安排在进屋右手间，我们在左手。

进屋就上炕，炕上有那种可以搬来搬去的小木桌子，厚厚的棉被堆在炕角，窗户上贴着各种飞禽走兽的红色窗花。阳光从窗外照进来，坐在窗前炕上的人笼罩于一片温暖之下。屋子里除了被褥和巨大老旧的床头柜之外没什么特别的摆设，有一个立柜在火炕对面，小炕桌上面有几个茶杯，还有一个80年代那种老式的可以收中短波的收音机。炕边靠近门口的地方有脸盆架子以及脸盆，墙上挂着比80年代还早的那种带有印花的镜子。

我和我前媳妇被刘航他们推到炕上坐着，孩子们在房门外特别高兴地往我们身上看，刘航在房间里有些沾沾自喜又有些无所适从地转了两圈之后，就跑出去了，我和我前媳妇也不知道该和这些孩子说什么，就任由他们看去吧。我前媳妇拿出旅行包里的护肤品拾掇自己，我则竖着耳朵听刘姐和几个村里的成年人站在院子里说话，依稀听到了些怎么准备过冬、菜园里的收成、最近哪个孩子身体不太好等等这些琐事。

牛老师蹭进来，四处看了看，说这村儿还不算穷，问我们城里孩子住得惯吗。

牛老师坐在炕沿上，挨个摸小孩儿脑袋。我看他脸色有点儿暗淡，问他刚才和刘姐聊什么了？

牛老师叹了口气，他说："别提了，说是就俩名额，我可能去不了红圈了。"

话没说完，刘姐挑门帘进来，牛老师嘴里说"你们聊、你们聊"，就退出去了。

刘姐盘腿坐在炕上，她把桌上的枣、花生、核桃往我们这边儿推了推说："来吃点儿，好多都是孩子们自己种的。"

我奉承道："孩子们真精神啊。"

刘姐说："是啊，村子里难得见着陌生人来。"

我说："刘航是您生的孩子？"

刘姐说："对，是不是长得不太像我啊？"

我说："不不，还是挺像的。其实我小时候跟我爸妈长得也不像，不但相貌，我爸妈个子都挺高的，可我从小就普通身材，到现在我爸妈都怀疑是不是妇产医院的护士抱错孩子了。"

我问："刘航是跟了您的姓了吧，孙叔叔呢？"

刘姐问："谁？"

我说："孙叔叔，刘航和小孙的爸爸。"

刘姐说："他们的爸爸不是一个人，小孙的爸爸在北京生产墨汁，刘航的爸爸很久以前就去世了。"

话说至此似乎有点儿涉及隐私，我们三个一边儿剥花生，一边儿陷入了多少有点儿尴尬的沉默。刘姐问我们，刘航有没有带我们去树林和池塘玩儿。

我前媳妇说："去了，漂亮极了，我们都特喜欢那地方。"

刘姐笑着说："要不要住一段时间看看？我们这儿虽说冷清了点儿，但你们大城市来的，在这儿住一段儿能静心——天底下能静心的地方虽多，我看都比不上这里，我们这儿是神的领地嘛。"

我和我前媳妇都笑了。

刘姐说："你们肯定有好多问题要问吧？"

我和我前媳妇互相看了看，我们都没想到刘姐会忽然主动提起现实生活之外的事，刘姐一边剥着花生壳，一边笑着说："小孙和你们说好奇心害人的事了？"

我犹豫了一会儿说："说了，所以我们不知道怎么问比较得体……"

“小孙是好孩子，就是做人太古板了。”刘姐呵呵笑着说，“规矩这东西建立起来，不就是用来打破的嘛……”

我笑着说：“哈，没想到刘姐还挺摇滚的。”

“啊？是吗？哈……”刘姐说，“你们年轻人的东西我可不懂，不过道理嘛，解释起来都差不多，用的方式不一样罢了，我回答你们三个问题好了，在被允许的范围之内。”

我看了看我前媳妇，我说：“我两个，你一个行吗？”

我前媳妇说凭什么啊，要不猜拳决定谁问两个谁问一个吧。

我说当着刘姐猜拳太不庄重了，还是我问两个吧，我比你聪明。

我前媳妇很不乐意地答应了。

我看着刘姐想了一会儿，我说：“这个村子莫非和什么宗教组织有关？”

“宗教组织？”刘姐自嘲似的笑了起来，她说：“不不，我们跟宗教没关系，宗教组织总得有教徒什么的吧，可是我们这个村子和人民群众一点儿关系也没有。要不是你们拿着地图来找红圈，我根本也不可能带你们来榛子村，你们两个，也包括后来从你们这里搞到地图的牛老师。”

“那，红圈里到底有什么？”

“那是禁忌。”刘姐说，“其实那个红圈里有什么倒不是什么大不了的事，每个人在红圈会遇到的东西不一样，牛老师为了溥仪的宝藏来，没准儿他就真会找到那个宝藏，你们就未必；但对于没去过的人来说是禁忌，毕竟你们是为了那个地图上红圈来的，红圈究竟有什么要你们自己去发现，包括你们到底要不要去红圈，我也不能干涉。有些人能在那里做上一个好梦，而且很长，像一生一样长的那种好梦，要是你的梦像人生一样长，这个好梦其实就是你的人生了，对吧？当然，大部分人没有这样的运气，大部分人都留在我们这里不再离开了。还是换个问题吧。”

这回可难住我了，我想，怎么才能问出个透过现象看本质的问题呢？

刘姐已经剥好了一小堆花生，往我们这边儿推了推，我们三个就一起吃花生。这儿的花生是生的，吃起来有股湿乎乎的清香味儿。

“那我可以问了？”我前媳妇有点儿迫不及待。

刘姐说当然。

“那个和我长得一模一样的女人是怎么回事？”

刘姐说：“你说的是阿兰吧，她是我女儿，她每年会带一两个人来红圈。每个来到榛子村的外乡人都会遇上与他相像的人，有的是性格像、有的是嗜好像、有的是相貌像……世间的人总以为自己是独一无二的，这当然不是正确的价值观；而我们这里的人，也需要通过世间的镜像了解自己在这个世界上的位置，每个人都有自己的命运，有需要自己去做的事。我们这里的孩子们，他们像是某种‘世间的良心’，你知道，神不能直接改变世界，他通过人来改变世界。而时间和空间的真实情况，又不像我们一般以为的那样。比如在爱因斯坦以前，人们相信的是牛顿三定律，时间和物质恒定不变，但实际上，人类已经学会了用消亡物质的办法创造巨大的能量，当然，说得刻薄一点儿，那就像是往火炉里扔天鹅仅供取暖一样，是个多少有些粗鲁浪费的做法。像刚才跟你们一起玩儿的刘航，他的镜像是唐朝一个叫陈袆的人，那人后来做了僧人，为当时的世界做出了很多贡献，这种贡献需要维持下去（可能我这个说法不能被现在的人们接受），世界总是少数人推动的。”

“那，我们什么时候可以去红圈？”我问出最后一个问题。

“这个你们要和牛老师商量了，原则上名额不超过两个人，而且只有拿了阿兰给的地图的人才可以去。牛老师倒是拿着地图，可那地图是小孙给他的，现在的人啊，越来越不按规矩办事，你们先别急，我跟牛老师也是这么说的，这几天在村子里转转再决定去不去，我们这里有不少去过红圈后留了下来的人，跟他们聊聊，或许你们就不想去红圈了。”

晚上吃过晚饭，我们躺在床上聊天，觉得榛子村这地方怪里怪气的，看刘姐那样子，最多40多岁，怎么可能生出这么一大窝孩子来，而且其中至少有五六个年龄相仿的。生孩子都得怀胎十月，怎么可能都是她的孩子嘛！

临睡前，我前媳妇背对着我往脸上擦晚霜，我看着她灯火下的背影，又想起白天在池塘边想起来的那些事，就把所思所想跟我前媳妇汇报了。我前媳妇一开始有些半推不就的，后经我深明大义，指出此时此刻小勇搞不好正跟王晓甜那里交公粮，你这样假装坚贞意义何在？我这么一说就把我前媳妇说生气了，决定不再理我。

熄灯后的榛子村宁静如水，到处可以听见虫鸣。我问她睡着了吗？我前媳妇曰没有。我便一翻身扑了过去。躯体还是那副美好的躯体，声音感触生命的热量也一如既往，只是我们汗津津地抱在一起时，心里似乎不由自主地都带上了些遗憾，若我们之前没有发生过昏天黑地的争斗，若一切亦如最初从未有过芥蒂，此时此刻或许就不会遗憾了。有些事情不可以发生，一旦发生便一发不可收拾。

我不确定曾经体会过的孤独和寂寞究竟强烈到什么程度，它值得被说出来吗？它比这个世界上生活的其他人所体会的更可怕吗？我在这个世界上认识的、熟悉的、在身边一晃而过的那些人，他们难道都体会过类似的感情吗？如果是的话，他们为什么能够表现得安然无恙？或许这个世界上最好的东西本来就是最脆弱的，或许因为它们是稀有的光芒，或许因为它们对现实生活来说最没有用处，或许它会妨碍我们在尘土中顺利地活下去，或许我们曾经以为好的那些东西只是些高尚的恶作剧？以前不是这样，以前我以为你也相信那些东西是好的，以前，我以为我们一直在感受着彼此的善意信息，我以为无论出现什么样的状况你也会谅解我，就像我一定也会谅解你一样，我以为我们是爱着的。我想，世界终归是美的，无论何时何地回想起来，美好的东西都会像涟漪荡漾开。可为什么我现在不这么想了，无论我此时此刻是不是怀抱着你，生活的基调是苦的，一切美好都是偶然得来的运气。美好的东西总会离去，这就是那层不由自主的遗憾。

“唉，刚才我声音是不是太大了，牛老师该听见了吧？”我前媳妇说。

“不至于，应该还可以，”我说，“你知道吗，咱俩分开之后有半年，我连晨勃都消失了，一度以为自己丧失性能力了。”

“你别这么说，你最近说话总是针对我，让别人觉得别扭是你的专长，你知道吗？”

“不是，我这是夸你呢，你看我又生龙活虎了。”

“少来，咱俩分开一年半了，我就不信你中间没生龙活虎过！”

“不及此，比目前的状况差得远！”

于是，我们翻鞍上马又来一遍，说来惭愧，既然我前媳妇把我们的关系定性为搞破鞋，我就更威武雄壮了，觉得自己这是在把小勇占走的便宜占回来。贾宝玉可能是对的，男人果然有其劣根性存在。

第二天早晨醒来的时候，我前媳妇不在身边。院子里有几个女人在用绝非早晨该有的语调说话——很精力充沛的那种语调。这里的一天开始和结束都比城市里早，我那天起床的时间对他们来说已经接近中午了。

我穿好衣服走出门去，女人们已经走了，我前媳妇正在和刘姐一起择扁豆，地上有个铝制的盆，旁边的报纸上摊着还没择的扁豆和择下来的扁豆丝。两个女人像母女俩似的坐在小板凳上，随口说笑着什么。

刘姐见到我笑了笑说：“起来啦。”

我前媳妇很高兴地说：“你错过早饭了！”

我在院子里刷牙的时候，刘姐在跟我前媳妇讨论扁豆可能的做法，以及哪种做法用在午餐中是最恰当的。我吐掉最后一口漱口水，端着牙缸，无所事事地坐在门槛上看着远方。许多昆虫在院子和房屋的上空盘旋，一条黄白相间的土狗微笑着从院前的小路上经过，几朵白云飘过，在天边那些一望无际的山巅上留下缓缓移动的影子。

我前媳妇非常良家妇女地端着盛着扁豆的铝盆进屋，走到我跟前说：“让让。”

我就往门槛边上挪一挪，回头看着她，烧水，然后把扁豆放到案板上剁碎。

真悠闲啊，我想，我前媳妇到了榛子村以后让我越来越不认识了，或许强迫她来东北是对的。

我往村外的树林走，在村口碰上了那个带我们进山的司机老王，他当时正和村子里另外几个男的蹲在墙角晒太阳抽烟。我远远地走过来，他们都看着我，待我走近了，点头冲那个司机打了个招呼，叫了声大叔。

那个过于消瘦的大叔很严肃地冲我招招手，说过来！

我笑嘻嘻地走过去，过于消瘦的大叔递给我一支烟，我就学他们的样子，蹲下一起抽。

这几个闲汉都很友善，问我怎么来的，家里有几口人什么的，他们听说我是从北京来的，就问我是北京哪个村的？我说我就是城里的啊。

他们都不信。

后来又问我是干吗来了，我说是一个叫阿兰的女孩儿给了我一张地图，我们是来寻宝的。

众人都沉默了一会儿，各自赶紧给自己找点儿事情做，有吐痰的、有咳嗽的、有左顾右盼的，反正没有一个人还像刚才那样高高兴兴又好奇地看着我说话。

过于消瘦的大叔说："我们这儿没什么宝藏，红圈你还是别去。"

我点点头，没说话。

"我们这里每过一段都会有一两个像你这样的外来客，这些人不是死在红圈，就是去了红圈之后再也不想离开村子，都住下了呢。"一个长了满脸麻子的人说，众人应和，都说你还是别去了，"还没有去过红圈又能离开村子的人呢。"

我问："有外面来的人去过红圈又留下的？在哪儿？"

司机老王叼着烟，脸色阴沉地说："有十好几个人呢，村口那个看门人就是。"

"还有从北京来的呢，老画家和小导演就是！"一个人说。

另外一个说："老画家今天早晨好像出去画画了，小导演倒是在家里。"

我问他们这个小导演家在哪儿？

"顺着这条路走过去，村子最东头，门口架着摄影机的就是，好找。"

我道了谢，顺着土路往村子东面走，在村子最东边，果然有一套离群独居的小院子。走进去一看，岂止门口架着摄影机，院子里屋子里也都有。

村民们说的小导演就坐在屋里，他眼前是一台苹果笔记本，旁边连着一台 DV，看样子正在剪片子。小导演见我走进院子，吼了一句："别动！”我一条腿还举在半空，然后就原路退回去了（我踩着进来的脚印后退出院）。

小导演奔出屋子来，一边说：“你就当它们都不存在哈！”一边打开了院子里的摄影机。然后他奔回刚才坐的地方，说了声：“好了！开始！”

我在门口为难了一会儿，流着冷汗颤悠悠地敲了敲院门说：“有人吗？”

“欢迎欢迎！”小导演冲出屋子来跟我握手，“你就是那个从北京来的乐评人吧，我听说过你。听说你们昨天下午到的，这个村子山路不好走，怎么样，昨晚睡得好吗？”

这个人看上去年龄很小，也就是二十四五岁上下，中等身高且又白又瘦。眼睛和脑门都贼亮贼亮的，感觉像一颗人头形状似的挺拔的白萝卜。他眉眼精致得不像真的，一看就知道是那种每天早晨对着镜子用剃须刀一丝不苟地刮胡子的人。

我被他让着往屋里走，确定自己背对摄影机之后压低声音问他：“我们能先讨论一下这是在干什么吗？”

他同样小声问我：“怎么了？”

“我该假装摄影机不存在，还是摄影机本来就不存在？”

“摄影机确实在工作。”

这小导演多少有点儿让我崩溃，我说：“我的意思是，你到底是在拍电影还是纪录片？我该当这世界上根本就没有摄影机这东西，还是只要不关心它就行了？”

“哦，我在拍纪录片，”小导演笑了，忽然把说话的声音恢复到正常水平，我甚至觉得他不是在对着我而是在对着摄影机说，“这是我的一个新的纪录片计划，记录生活中最平常的一举一动，一个动作一个场景从头到尾一次性的，几乎一刀不剪。”

他把我让到厅堂中间的小桌子旁，就是刚才工作的那一大堆机器旁边，跟我说：“我知道你这两天会来找我聊天，昨晚我就把机器都架上了。你知道，在这个村子，生活空闲时间多得用不完，我把生活中所有事情都拍下来，我有足够多的时间编辑素材，平时都尽量多拍一点儿。”

我环视了一下他的房间，房间一尘不染，生活必需的基本摆设都差不多，唯独因为有了这许多电子设备和墙上的电影海报，显得略略摩登些。我们面对面坐下，他身后和我身后都有摄影机。我说明来意，请求他告诉我关于红圈的事。

“我刚来的时候也找住在榛子村的其他外来客聊过，”小导演不等我说完就告诉我，“据我所知每个刚来到榛子村的外来客，都会找以前来到榛子村的外来客了解情况，我当时也是这样。等我去过红圈，我才明白对一个人来说真正重要的是什么，真相永远比现实重要。我觉得，没有被记录过的现实，远远谈不上真相。现实生活总是离真相最远的那个，亲眼所见往往不可信，可信的是记录下你的现实所见，然后再次观看，那时候胶片会给现实镀上一层金色，有了那层金色，现实所见就比现实本身更接近真相了。波普艺术倒是也提出过类似的理论，不过我说的这个与艺术无关，只是说摄影机和屏幕这两样东西，会让你在观看生活时发现之前所发现不了的东西。红圈是什么、有什么，我不能告诉你，每个人见到的红圈都不一样。我想给你讲一讲我的故事，关于我为什么会来找红圈，以及我为什么会留下来。我刚来到村子时，老画家他们也给我讲过他们的故事，我们管这传统叫‘榛子村故事会’。”

榛子村故事会？我觉得这人有点儿自以为是，跟这小伙子聊天，听他痛诉革命家史，真的是我该在这个天气优美的上午应该做的吗？

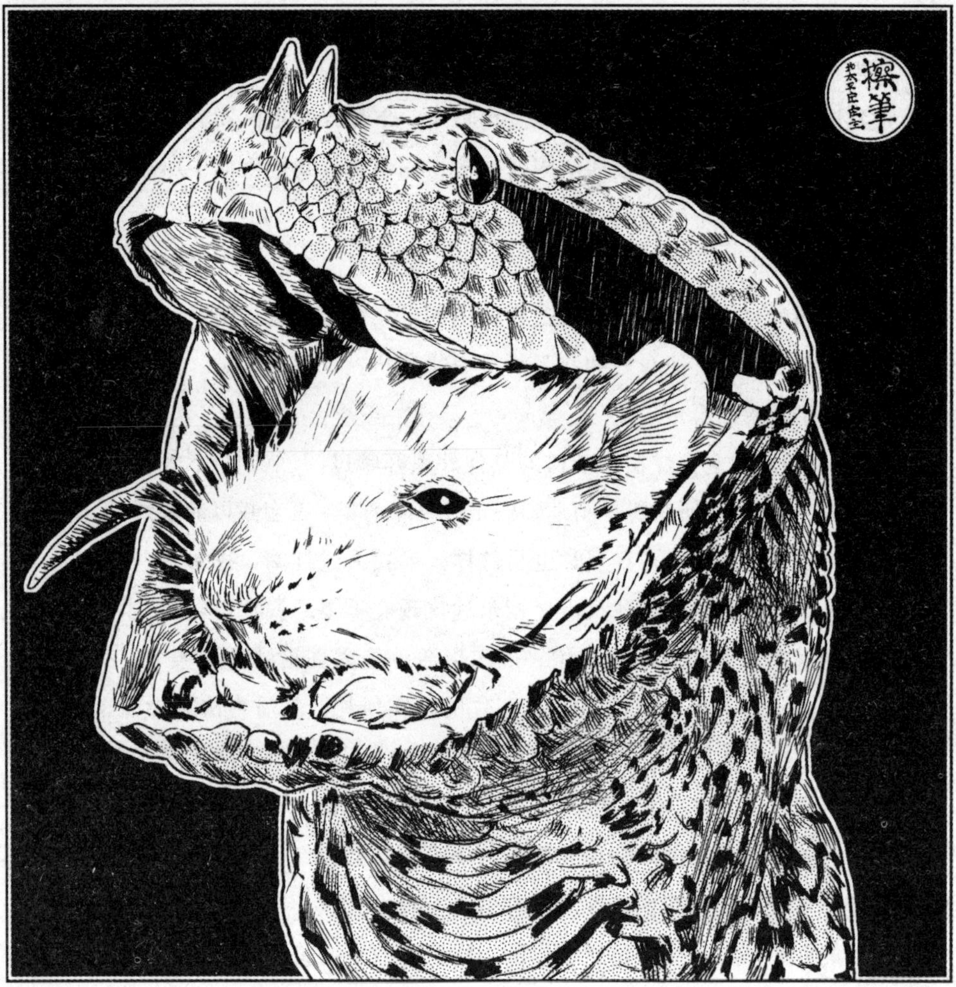

心头一把裁纸刀 —

你可能猜不出我的籍贯。不，我虽然在北京生活了几年，但我并不是北京长大的，我不喜欢说话带上家乡的口音。我老家是广东东莞旁边的一个小地方，我的家人和邻居没有任何一个像我这么说话，我总是被当作怪人，从小就是。

我不知道你是不是去过广东的小城，我想，以当地的民风和价值观看来，我确实是个怪人。

我的父亲是当地的一个盗版商，早年间盗版录像带，后来是盗版LD、盗版VCD，现在是盗版DVD。我从一出生就比同龄人有更多的机会接触电影，从小看过无数的电影，我看电影的原因不是因为它容易得到，你知道，按常理说，人在童年时期越是容易得到什么就越不会亲近它，但我不是，我天生就喜欢电影，并且认定自己应该投身于这项艺术。我的父亲是一个盗版商，这为我看更多的电影提供了便利。我根本用不着像同龄人那样去录像厅，因为录像厅的片子都是从我家买去的，我也不喜欢请同学和朋友来家里看电影，因为他们只喜欢看枪战片和武打片。

我热爱电影，我的父亲只拿电影当成可以印成光盘卖钱的虚无缥缈的东西，但是我爱电影，从很小的时候就立志要当电影导演，我觉得自己不属于家乡，我应该属于更广阔的天地。我算不上非常聪明的那种学生，我的记忆力很差，但是我的学习成绩一直保持前茅，因为我比别人都更用功。同学朋友们结伴出去玩儿的时候我都在学习，整个少年时期几乎一直如此，我这么做的目的很明确，我要离开我的家乡，去一个没有人拿我当怪胎的地方生活。我唯一不学习的时间都在看电影，我觉得与其说我生活在我的家乡，不如说我生活在那些电影里。不在电影里的时候，我都在学习，准备考到北京电影学院或者中戏去。后来我在北京上的是电影学院，没能考上导演专业，分数要求太高了，而我们那种小地方的教育条件不可能和你们北京、上海这种大城市的学生比。我学的专业是电影理论，它的分数相对来说低一些。

我和家里的关系不算好，我父亲希望我能继承他的企业，但你知道，那是不可能的，我最终一定会成为他的敌人。考上北京电影学院电影理论专业之后，四年来我一次也没回到过家乡。我父亲很生气，妈妈打电话给我的时候还哭过，但是我没有动心，我对他们的感情比较淡。到大二的时候家里断绝了我的生活费，妈妈偷偷给我寄过钱，但是我妈妈能偷偷存下的钱并不多，不够的我靠打零工弥补。大学期间一直是这样。

大三那年我通过一个老师介绍，认识了吴总导演。我不知道你是不是知道他，他是一个曾经很成功的电影导演，后来建立了自己的影视公司。公司总共只有二十几个员工，业绩也不是非常突出，但正常经营是没问题的，如今是影像的时代，老百姓和各个地方上的电视台需要大量的连续剧和低成本电影，以吴总导演的人脉，公司生存下来是非常容易的。当时，他的公司需要一个打杂的，工钱很少，但是我非常珍惜这个机会，我对待工作的态度像我对待学业一样，我想只要付出足够的努力，终归会被认可的。我从一个端茶倒水的实习生干起，在他的影视公司一干就是三年，这期间我什么都干过，财务、剧务、场记、灯光助理、选角副导演、艺人助理、编剧……我还记得我第一次走进片场的时候，看到那些布景、灯光、聚在摄影机后面吃盒饭的工作人员就兴奋得直哆嗦，以至于后来让我帮着举话筒杆的时候，我都很难控制话筒不要乱动。我非常珍惜这份工作，也非常珍惜自己能有这样的好运气给吴总导演打杂，简单地说，如果吴总导演家里的狗病了，无论我当时是在期末考试还是论文答辩，只要他打来一个电话，半小时内我肯定会把那只大金毛送到宠物医院。

大学毕业后，我终于如愿成为他公司的正式员工，虽然工资并不高，但我还是很高兴。我当时被分派去管理一个刚出道的男演员，说出这个人的名字你或许知道，我估计他现在应该很有名了，我叫他小宫，我是他的助理。大学时我与班里的女同学交往过，但直到我见到小宫时才明白，自己更喜欢男孩子。小宫身材高挑，眼睛清澈如水，他只要面对你笑一下，你绝对会跟着一起笑，他有这种魔力，他会是个非常好的演员。那一年间，我带着他去四处试戏、参加公司的通告、拜见媒体、打理他的一切行程，甚至帮他去超市买日用品，后来他有了一点儿名气了，不管去哪儿玩儿我都需要陪着他，跟朋友吃饭、看电影、逛街等等，我们每天都在一起，朝夕共处。

做助理期间，我默默关注着小宫的一切，我不敢奢望他能给予我同等的情感，但我能感觉到他对我的回应，凡事他只要能自己做的从来不麻烦我，我病了，他会大老远跑来我租的地下室给我送药，要知道，平时我们甚至都禁止艺人自己出门。但我无法、也不敢捅破这层窗户纸，毕竟他是公司新培养的艺人，未来不可限量。而我空有一身高傲，却只是他的助理罢了。和小宫一起工作到第二年的时候，我开始有些失落，那时候小宫渐渐有了一些成绩，我觉得我与小宫的距离越来越远了。都说天道酬勤，可我每日辛勤工作，却并没见到生活有什么改变的希望——你知道，我的志向并不是每年涨一次工资，或者从艺人助理升任经纪人之类的，我不要成为别人，我只想成为我自己，通过电影艺术完成我自己，找到我个人在艺术上能够到达的最远的地方。

我利用工作之外的空闲时间拍了很多小短片，还写过几个电影剧本给吴总导演看，他很欣赏我，给过我很多指教，在我上学期间，他就鼓励过我，说他早晚有一天要让我把自己的剧本拍成电影，这也是我下定决心跟着吴总导演干的原因之一。我觉得他比我的父亲更像我的父亲。我足够努力、勤奋，而且忠心耿耿，我需要的只是一个机会，我必须首先站到舞台上去，才能开始我的自我实现之路。

这一年我过生日时，在 KTV 包房里，我把自己新写的一个剧本连同第一块蛋糕端给吴总导演，恳请他看看这个新剧本，并且告诉他，不管这个剧本谁来拍，我希望主演是小宫。因为那是我以小宫为第一男主角写的剧本。

大约一周后，吴总导演把我叫到他的办公室，告诉我剧本他看了，他觉得不错，要我来当导演。但并不是真正的电影长片，是把剧本改成每集 10 分钟，总共 20 集的一个小连续剧，为一家网络视频公司提供的一个小节目。吴总导演建议我先从这个小项目开始，练练手积累点儿经验。小宫出任男主角，小宋是那家网站选定的女主角，我是导演，吴总导演说："你们要好好配合，回去修改剧本的时候，记得要突出小宋的戏，那个网站已经签下了小宋的全部网络肖像权。这是你为公司拍的第一个作品，拍的时候你们商量着来，都是年轻人嘛。多积累点儿经验，给公司和你自己争口气。"

我并不觉得那个电影剧本适合改成网络短片连续剧，但我还是答应了，我不觉得应该在吴总导演给我的机会面前讨价还价。事后回想起来，吴总导演提供的这个机会或许更像个陷阱，我相信没有人会故意给我设置圈套，吴总导演的初衷是好的。可这个机会本身对我来说是不可能躲得过去的圈套，下次再遇上，我还是会像一错再错的笨兔子那样跌落其中。毕竟对我来说，这是我等了许多年之后的第一个机会，我不可能看着它从我手边溜走；而同时，这是为小宋拍摄的连续剧，她才是老板；但问题是，对这套短片好坏与否负责任的人却是我，因为我是编剧和导演。这次如果不能证明我的能力，以后我恐怕再没资格向吴总导演提出拍电影的事。我必须成功，不能失败，失败就意味着前功尽弃，虽然这并不是个多么好的机会，但我相信自己的能力，只要是机会，我就一定要抓住。即便是个火坑也要全力以赴地跳进去，并且克服困难，安然无恙地走出来。或许这就叫命运的安排吧。

小宋也是吴总导演公司旗下的艺人，分属另外一个组，我们平时工作交往并不多。她年龄和小宫差不多，但不同的是，她已经是一个非常成功的二线女演员了。小宋大学快毕业时，在一个国产电影中出任过一个令人印象深刻的小角色，最近刚刚在一个著名连续剧导演的新戏中出任女主角，戏虽然还没播出，但除了观众之外的所有人都知道她马上就要大红大紫了。

若不是与那家网络公司签订了协议，若不是吴总导演提出要求，她是绝对不会屈尊来拍这样一部小到不能再小的网络连续剧的。而我们的剧组也确实太简陋了，由于网络短片对图像的要求不高，我们只有一部高清摄影机和两台灯可用。整个剧组除了小宋和小宫，只有我、摄影师、录音师、灯光师四个人，没有场记、没有化妆师、没有置景、没有制片人、没有剧务、没有你能想出来的所有剧组工作人员。正式开拍前，吴总导演把剧组所有人叫到一起吃了顿饭，也向小宋解释了这次拍摄条件可能会比较艰苦，整个剧组的人都缺乏经验，大家有问题要经常沟通。小宋是那种说话办事都很得体的美女，拥有一切我不拥有的东西：惊人的美貌、众人的爱护、饱含希望的事业、左右逢源的社交魅力……我一晚加倍小心陪酒陪聊，三杯酒下肚，心情稍稍安稳了一些。

剧组中的摄影师、录音师、灯光师都是吴总导演从外面雇的，按天干活儿拿钱，除了拍摄期间，他们都不在片场。现在回头想起来我也是怪傻的，不知道提要求，只觉得年轻人第一次干，凡事多担待些，少给吴总导演添麻烦。开拍前我从自己和几个朋友家一样一样往片场搬东西布置场景，连拍摄时需要用到的饭菜都是自己一早起来去旁边餐馆订的，小宫也有自己的事忙，不可能拿这些琐碎的事麻烦他。

到了正式开拍当天，我和小宫先到了，然后是摄影师、灯光师、录音师拉拉杂杂的拖到上午 10 点 30 分才到。这个戏 20 天拍 20 集，一天一集卡得死死的，多一天就要多花一天的钱，而且小宋的档期也不允许有变化。大家都问我要不要给小宋打个电话催一下，我不太希望小宋觉得我对她太严格，就说先开始，先拍小宫的戏。

这天上午临近 11 点 30 分，我们把能在这个场景拍的小宫的戏都拍了，打电话问小宋到哪儿了，她在电话里道歉，说她还在家里收拾东西呢，以为公司要派车去接就没着急。

我也道歉，说这就让公司找车去接。

挂了电话，剧组的人都问我怎么办，到中午了还没拍小宋的戏。灯光师抱怨说我们只有两个灯，到晚上没了日光根本模仿不出白天的光来。我说现在改剧本，抓紧时间再拍一场小宫的戏！好在剧本是我写的，都在我脑子里，想改在脑子里改就行了，困难的是怎么想办法让全剧组的人——尤其是演员和摄影师搞明白导演意图。

小宋下午两点到达片场，尴尬的是，拍她的第一场戏就停滞住了。必须承认，小宋是个好演员，表演经验丰富而且颇具才华，与她相比我们都太不专业了。摄影师和灯光师在参加我们这个剧组之前，一直是其他剧组的摄影助理和灯光助理，片场经验虽然丰富，但是从来没有机会独当一面，我们没能用最好的机位、最好的角度、最好的光把小宋拍出她应有的风采，我看过她之前演的戏，在我们的镜头里，她显得平庸多了。所以小宋从第一个镜头开始就对我的能力提出了质疑，她对我提出质疑我觉得很正常，导演是我，我不该把责任推给摄影和灯光。而让我觉得不正常的是，小宫竟然也积极地附和她的一切异议，这让我很吃惊，我原先以为小宫会帮助我、关心我的，我以为他知道这套小短片对我的重要，我以为他会竭尽所能帮我把这套短片成功拍完。我和灯光师、摄影师、录音师按照小宋的建议重新布景时，小宫和小宋在一旁比较他们的新款手机，讨论共同的熟人的趣事。

在长达两个小时的停顿和重排之后，按照小宋的建议拍出来的效果还是没有任何提高，眼见着太阳慢慢往下落，我们还有三四场日光戏需要拍，小宋也只好默认拍下组镜头了。可更尴尬的是，第二场小宫和小宋的对手戏，我改了剧本。

这下小宋完全怒了，戏拍不下去了，我、小宫、小宋和摄影师四个人去另外一个屋开会。我恳请小宋相信我，虽然修改了剧本，但是我脑子里都清楚应该拍什么，只要照我所说将这些素材拍完，我剪辑出来的片子肯定没有问题。而小宋说："我们这些当演员的要宣传自己，你要导你第一个戏，我们都有各自的目的，不能你一个人说了算啊，我好歹也是演过几个大戏的人，你凭什么让我相信你啊？"

我很吃惊，不明白为什么小宋这么美丽的姑娘会说出这样的话来，她在屏幕里的时候，是那么的纯洁无瑕，而且她拥有着那么多的机会参与到电影艺术的创作中去，这是多么幸运的事，即便她想的只是宣传自己，又为什么对我这么苛刻呢。

我给她解释，说这个剧本是我写的，最后呈现出来是什么样子我脑子里清楚，按照你说的拍也不是不行，但那就不是我脑子里的既定结果了，我到时候不知道怎么剪了。

我希望能得到小宫和摄影师的支持，可他们都沉默。其实，再大牌的演员，只要你想让这个戏拍下去，就绝对不会和整个剧组对着干，如果现在让我回忆一下，小宋之所以会提出那么多的抱怨且敢于不顾时间的紧迫，恰恰是因为没有人敢于忤逆她的意思。摄影师、灯光师和录音师都是久经剧组生活的人，自然明白这其中的道理，让我失望的是，小宫也没有站到我这边来。我觉得小宫的沉默让我崩溃了，这不夸张，当小宋声色俱厉地指责我的时候，小宫一直沉默着，小宋问到小宫的意见时，他毫不犹豫地全面赞同小宋，在表态前甚至都不愿意费力看我一眼。我不知道这些年我们朝夕与共的生活都去哪儿了，我以为我们是互有好感的。当时的我真想甩手不干了，可想到这是吴总导演交给我的第一个真正意义上的工作，想到这是个来之不易的机会，我只能勉强自己坚持下去，当时真的是勉强捡点儿碎片放在一起拼成我的形状凑合用，我虽然伤心，却没有办法。

说一千道一万，保证戏能拍下去才是正经。之后的黄昏和夜晚都是照着小宋的意思拍的，我自己心里清楚那些镜头最后十有八九不堪使用，但没办法，只好如此，眼睁睁地看着自己在意的东西付之东流还是很不好受的，我所能做的只有忍耐。当晚吴总导演和公司里另外两个领导来剧组视察工作，还带了些吃的东西，其间我和摄影师去拍几个空镜，回来就发现气氛不对了，我不明白他们为什么要把闹矛盾的事情告诉吴总导演，不是已经照着小宋的意思拍了吗？事后想想，大概小宋不愿意让吴总导演发现其实是她在指导影片，万一成品不让人满意，也可以推卸掉责任。当晚，吴总导演还是站在我这边的，说演员听从导演安排是天经地义的，导演没有经验没关系，大家多帮助多商量嘛。具体是导演太独断专行还是演员管得太多，片子剪出来之后看结果就知道了。后面的时间，吴总导演接管了导演工作，帮助我拍了几个镜头，他一出现果然不一样，摄影和灯光在他的指导下都有了很大提高。

拍到半夜，还差了几个镜头说好第二天补。但是，等我第二天一早打算收拾东西去片场时，接到吴总导演电话，说让我去公司先剪个草样出来，他说剪出个大概的效果才知道该补哪些镜头，他当时是这么说的。我这天和剪辑师在公司机房里连续工作了20个小时，勉强剪出了一个凑合可用的版本，并且标注出了哪些地方需要补镜头，哪些地方需要重拍。这十分钟的短片虽然不完整，但是我能够掌控的那些镜头都还是成型的，而且这个片子剪完，那些不在我掌控的镜头何等不堪也变得一目了然了。

那天我简直是得意洋洋地把样片放给吴总导演看，以为这可以证明我的才华，也可以证明在片场的争吵中我是正确的，如果按照我的想法拍，片子会顺利拍完，剪出来的成片也会优秀得多。但吴总导演看过样片之后，决定这个系列短剧停拍——他不是在看样片之前宣布这个消息的，他在看过我的样片之后才宣布了这个消息。他说对样片质量不满意。

我不明白他为什么将所有的罪责加诸到我身上，我不祈求公平的裁决，我只求吴总导演把小宋叫来看一看样片，让她知道我有能力达到她期望的宣传效果，然后各打五十大板让我们握手言和，让我们继续共事下去，但他没有，他选择了把所有脏水泼到我身上，告诉所有人是我的能力不足造成了片场的矛盾，然后把我一脚踢开。我恳求他给我个机会，让我把镜头补完。他不同意，他说他已经找剧组里其他人了解过情况了，这个片子再拍下去只会激化矛盾。

我平生第一次感到孤立无援是什么意思，我怎么想也想不明白为什么事情会变成这样。万念俱灰之下，我提出辞职，这大概是我能保有的仅有的一点儿尊严了。

现在回想起来，吴总导演对我还是有感情的，他当时说："你受一点儿委屈吧。一开始我就觉得这个片子能成就成，成不了也没关系，反正公司也没怎么投入，就当是你们几个小孩儿一块儿玩儿玩儿，结果怎么样并不重要。可你怎么能把小宋的关系处僵！"

那天从公司出来给小宫打电话，他没有接，后来也没有回，我想，他大概希望我从他的生活中消失吧。后来我听说吴总导演曾分别劝小宋和小宫来指导这套短片，我能想象吴总导演跟他们说了些什么，但他们都借故推掉了，毕竟我是个已经被踢出局的小人物，他们用不着证明什么，更何况这个短片的成败与否也不会影响到他们的事业。后来这个短片计划就不了了之了。

其实后来我又见过小宫一次，那是我辞职之后两个月左右，这期间我去和一个大学同学成立了个小组织，合伙搞些民间放映活动谋生。那次是吴总导演公司的一个招商项目的发布会，这个项目我以前参与过，公司里的同事通知我去看看。我那天穿戴整齐了奔赴发布会，到了现场，我的座位被安排在一个角落，离公司里的人都很远，小宫、小宋和大家在一起，他们都有说有笑的，大概都没有注意到我吧。我在角落里盯着小宫看了一会儿，他的音容笑貌还是他的音容笑貌，而我对他已经没有任何用处了，这些音容笑貌再也不会向我显露，也再也不会打动我了。从我辞职到这次来参加活动之前，一直以为小宫的所作所为只是为了一时自保，事情过去了我们还会是朋友，即便没有了工作关系，我以为我们还有机会像以前那样坐在一起说说笑笑。但显然，我不该再回来了。我在发布会现场坐着的时候，陆续有以前的同事远远跟我打招呼，我向他们微笑的时候觉得很尴尬，后来悄悄走了。

我明白，谁也不能指望命运对人人公平；我不明白的是，在我面对命运的捉弄时，难道就没有更好的解决方式了吗？我埋头工作赢得了一个机会，我没有招惹谁，只想尽职尽责地抓住这个机会，我以为是我爱人的小宫对我的处境熟视无睹，我以为是我父亲的吴总导演把所有责任和罪责加在我身上，并且不给我任何挽回的机会。为什么我会落入命运的陷阱？即便这世界是不公平的，为什么身处底层的我就活该落到这样的陷阱中去？我究竟做错了什么，生活为什么不给我任何解决问题的机会。

这一年冬天我回了家乡，妈妈和爸爸都重新接纳了我。我很感谢他们，之前我对他们太苛刻了。自以为与众不同，自以为超越平庸，自以为可以不顾及亲人的感受而远走高飞，如今丢盔卸甲地回来，安慰我、给我提供避风港的终归还是我的父母。我记得那天是一个亲戚开车拉着妈妈去火车站接的我，见到妈妈时觉得她老了很多。车上她一直在问我火车上睡得好不好，晚上想吃什么之类的，对我为什么回来避而不谈，只说回来就好。回到家里妈妈就进厨房做饭，我像个客人似的坐在客厅里和我那个亲戚拉家常，爸爸一直没有出现。我已经很多年没有吃到过家里的饭了，一桌菜摆好了，我们坐在桌前等了一会儿爸爸，其间我那个亲戚一直在说："你们一家人团聚，我还是回去吧。"我和妈妈都执意不肯。后来爸爸就从二楼下来了，他也比我印象中的老了不少，刻意没有看我，只和那个亲戚打了个招呼。爸爸坐到我旁边，往我碗里夹了块肉说吃吧，大家就开始吃饭。妈妈一直在念叨说今天的鱼买的不好，我那个亲戚则一直夸妈妈做的好吃。吃到第二口我就哭了，去厕所洗脸，而后这一餐再没人说话。

饭后送走了客人，爸爸问我在北京这些年是不是学会了抽烟？我说是。他就拿了一包没有印商标的烟出来，说是别人送他的好烟。我们一起在院子里抽了一颗好烟，其实我觉得那个烟不好抽，但我想，这大概就是爸爸表达和解的方式吧。

回到家乡我才意识到，其实与很多人相比我已经很幸运了，在我们那个小地方，我的家庭算是一个大家族，无论我在外面多么失魂落魄，回到家乡来，我还是能够找到自己的立足之地，虽然我之前从未把家乡的一切瞧在眼里，但等我在外乡经受了挫折之后，到底认识了港湾和根基对一个人的重要。你从哪儿来的，你会经历怎样的际遇，很多时候都是天注定的，从你生下来的那一刻上帝或许就已经为你铺设了一条道路，你可以偏离那条道路去勇闯天涯，去走你自己的荆棘之路，有些人会成功有些人会失败，我就是失败了的那个。我不再以为这是耻辱，至少我已经尝试过了，现在我要回到天注定的这条大路上来了，虽然有些不甘心，但把握当下的自己这件事本身我决定接受，人不能一直活得那么任性。

我买了西装，开始去我爸爸的公司上班。电影方面我是专家，整个广东省都未必有人比我了解我国各大城市的高端用户们需要什么，这个自信我是有的。在爸爸的公司上班期间，我分出了一个部门专门经营

“导演全集”、“××系列回顾”之类的D9套装碟片的生产，这部分内容应该说效益不错，因为之前没有什么人会注意到这一块儿的商业价值。你们最近两年看到的这些如雨后春笋般诞生的小众影片、纪念套装、大量的高品质D9碟片，至少有一半出自我家。另外，在地方上生产盗版嘛，上上下下有许多关系需要打点，我们那里上过大学的人不多，去北京上过名牌大学的就更少了，爸爸出门应酬常常带上我，很多事情有我在场变得容易了一些，应该说那一段生活，对于我来说是顺风顺水。

从我回到家乡开始在我爸爸公司上班的那天起，为我介绍亲事的七大姑八大姨便络绎不绝地登门拜访，一点儿都不夸张地说，我见过的各种艺术照都够我家开个小影楼了。其间也硬着头皮去见过几个，无非是找个地方坐着喝个茶或者吃个饭，大多数时候有家长、媒人陪着，见过了之后就说自己对人家没感觉就得了，对方如果实在没什么可挑剔的就说我短期内要忙事业，没有多余精力。后来有一天我们一家人吃饭的时候，我妈忽然说起最近两个月都没有人上门提亲了，觉得有些怪。与此同时，我发现公司的下属和合作伙伴们看我的眼神也有点儿怪，我心中隐隐有些担心，我们那是小地方，我喜欢男人的事情若是被大家知道了，肯定不会被接受——我那之前曾经去过几次东莞的洗浴中心找小伙子，心里还是有些虚的。之后没多久，父母再给我安排亲事，我便同意了。对方是我们当地一个官宦人家的千金，跟我父亲的公司关系非常密切，可谓门当户对，那女孩儿小我一岁，教养也很好。我们接触了一段时间，彼此都觉得还比较合适，她在我们当地的未婚女青年来说也算大龄的了，出来相亲也是迫于父母的压力。我们彼此话不多也谈不上相爱，只是非常凑巧的，双方都认为对方是合适的结婚对象罢了。我们的婚礼在当地是大事件，附近县市的奔驰车几乎从我们镇子的东头一直排到了西头，十里八乡的亲戚朋友邻居同事穷的富的都请到了。

后来的事情现在回想起来还是不像真的，证婚人在台上讲话时，一个我不认识的小伙子冲了上去，一边儿呼喊着我妻子的名字说爱她，一边儿指责我说我是个二尾子，在北京就搞男人现在回来了接着搞男人，还说全镇的人都知道，说新娘的父母把女儿嫁给这种人简直就是一对老禽兽云云。他还没抢到话筒就被保安拉出去了，但我相信在场的所有人都听到了。新娘当即掩面而泣，我则感叹世事无常。

当天婚礼还是进行下去了，我不太想回忆当时的景象，我觉得双方父母确实都是混蛋，我和新娘子也都是，我们给每一桌来宾都敬了酒。后来我知道，那个小伙子是我妻子家的邻居穷小子，从小青梅竹马长大的，这些年一直在外面打拼，最近几天带着一笔来路不明的钱回来上门提亲，被我岳丈赶了出来。非常老套的情节，但在现实生活中遇上还是令人觉得匪夷所思，而且，怎么说呢，用来毁掉我的生活正合适。

那天婚宴人人假装一切正常，我则按照传统喝得大醉，并且，人生观再次产生振荡——生而为人或许唯有奋斗才是正途，像我此刻这种退而求其次、贪图安逸、投机取巧的行为，到底还是会被打入十八层地狱。就像我现在这样。在那天的婚宴上，我就是这么想的。

那天我父亲也喝得大醉，我觉得他这是借着酒把自己灌醉，以便省去和我说话；我妈妈跟我说的唯一一句有意义的话是："那个造谣的人已经被你王叔叔带去拘留了，妈妈知道你不是那样的人。"婚礼办得很尴尬，说草草收场大概也不算过分。

那天晚上在新婚洞房，我新婚妻子去洗澡的时候，我在床头柜里翻出一把裁纸刀。我拿着那刀看了半天，想我是不是现在就在自己手腕上划一下，她洗完澡从浴室里出来，看到我拿着裁纸刀，没说什么就回浴室锁上了门，过了一会儿我就听到了哭泣声。当时已经是午夜两点多了，她哭得很伤心，我们之间谈不上多么深厚的感情，我知道她是为她自己——或者还有那个青梅竹马的小伙子在哭泣。

我写了封遗书，内容主要是公司业务上的交接，还有对妈妈说对不起。写完了，就拿着裁纸刀在手腕上比划，这时忽然有人敲门，我以为是爸爸或妈妈。打开门一看，是一个我不认识的女人，她说她叫阿兰，她夺过了我拿在手里的裁纸刀，给了我一张地图，说我可以去一趟红圈。

这晚我留下了遗书和在浴室里嘤嘤哭泣的新婚妻子，跟着阿兰来到了这里。

跟阿兰来的路上我也像现在的你一样充满疑惑，我只知道，与阿兰一起来到榛子村的这趟旅程中的我才像是真正的我，我重新找回了当年那个离开家门时踌躇满志的我该是个什么样子。关于红圈教给了我什么，我不能告诉你，我为之付出了高昂的代价，在榛子村的生活并不轻松，但我在这里能保住我自己，我能在自己的世界里完成自己，有机会你可以看看我在这儿拍的片子，它们虽然与现实生活无关了，再也不会让观众们感同身受，但它们是好电影，我非常深信这一点。

自赏女皇的自画像 ——

听完了小导演的故事，已经是中午了，我和小导演做了短暂的告别，一个人默默地独自走回去吃午饭，这段路本来不远，但却显得很长。

一进我们住的院子门，我没看见刘姐，只见我前媳妇正跟牛老师坐在一起等着开饭，她跟我说，刚才有几个村子里的外乡人来找她拉家常，给她讲了自己来到榛子村的故事——都是挺煽情的，每个人都有一肚子的迷惑和委屈，不过我不明白他们干吗拉着我说这些，我们又不熟。

“牛老师，有人找你聊了吗？”我问。

牛老师露出难以启齿的表情，说你们还记得送咱们上山的那个司机吗？抽烟特凶的那个。

我们都说记得。

牛老师说：“我找他聊了会儿，他说我家老爷子和他是故交，他们两个一个爱抽烟一个爱喝酒，我信了，他知道我家老爷子喝酒爱就着大蒜。从我 20 岁出头到现在，好几十年了，我第一次听见老爷子的消息，他来过榛子村，要是不出意外应该也去过红圈了，不知道他现在是在做那个又长又好的大梦，还是留在村子里没出去。留下的话他现在也很老了，我们彼此迎面走过也不相认了。你呢，你遇上什么人了？”

我便跟牛老师说了小导演的事，告诉他这是传统，叫“榛子村故事会”。

牛老师在公文包里摸了摸，掏出那个装着地图的蓝绒布包放在桌子上，他说：“地图还你们吧，咱们两不相欠了。”

我和我前媳妇互相看看，都惊了，为了得到这份地图手段用尽的牛老师，怎么又把地图还回来了？

“牛老师，您不去红圈了？”

“去，当然要去，可是我不能骗你们小孩儿的东西。原先我以为阿兰小姐让你们去你们就能去了，谁知道还有个名额问题，我找小孙帮忙从你们这儿弄来地图，结果你们俩去不了啦，那不成了骗小孩儿了嘛！”

我前媳妇说：“要不你们俩男的去吧，我不去了。”

牛老师乐了，他说：“你要愿意让给我那可以，不过东西得先还给你们。到底去不去你再想想，想好了告诉我。”

我对牛老师这做派有点儿佩服，我说：“牛老师，您跟一般混社会的还真不太一样！”

“混社会的？”牛老师说，“你见过混社会的什么样吗？我那个时候的社会人儿全是精英，都一腔抱负要改革建设新的世界，后来出事儿了、响枪了，一腔抱负的都跑深圳躲祸赚钱去了，傻逼们当了道社会才变糟。你说我跟别的混社会的不一样，我就不认这个邪，我只跟那些我瞧得起的人打交道，反正我们古董行三年不开张，开张管三年，我用不着见那么多傻逼，我就坚信我周围的社会人儿都跟我一样。你甭以为我地图还了你们就是谦让，没准儿我一早就猜到她要让给我呢？就算不让给我，我也有办法去红圈，谁能难得倒我啊？我就不信有什么我办不了的事！”

这天下午我和我前媳妇在村子里闲晃，碰上刘航他们，非说要带我们去附近山上玩儿。

一行人前呼后拥爬到半山腰，往村子方向望去，云蒸霞蔚甚是可观。

我问我前媳妇，说你真要让给牛老师，不去红圈了？

我前媳妇说："我也犹豫呢，都走这么远了，就这么回去有点儿可惜。我也没想过你们那么多大道理，就是觉得男的都挺傻逼的，有一个算一个，真不知道你们都怎么想的，可是没有男人的日子好像又过得不像样，你说可笑不？"

这时候一个苍老的声音说："好狗不挡道。"

说话的是一个背着画板的干瘪老太太，拄着拐杖佝偻着背，从山坡下走上来。刘航他们都围着她拍手笑，唱起顺口溜似的说："老画家，老画'家'，画张相片儿看看吧！"

老太太喊着，挥手驱散小孩儿们。她个子很矮，背上的画板背在她身上好像一块大黑板。"你们就是那对刚刚进村来的狗男女吧，"老太婆特意从我们身边走过，站到更高一点的地方，以略略需要我们仰视的角度看着我们说，"没了男的就活不下去，现在的女孩子怎么都这么贱！"

我跟我前媳妇都笑了，觉得这老太太嘴臭得可爱。

老太婆说："小姑娘长得还蛮标致的，要不要来我的画室，我可以给你画幅肖像。"

我说："您是他们说的那个北京来的老画家？"

"怎么？"老太太慢慢回过头，以45度角向下斜眼看着我。

"没、没。我听他们说'老画家'，还以为是个老爷爷。"

"哼，我倒希望是。"说着，老画家自顾自地往山坡上面走。

我前媳妇小声嘀咕："真去啊，这老太太说话太难听了。"

我笑了笑说："不如去让她给你画幅肖像，听听臭嘴老太太的故事。"

我前媳妇撇撇嘴说听听也好。问刘航他们，都说不去，他们都不喜欢老画家。

我们两个跟着老画家走了一会儿，来到山坡上一座孤零零的砖瓦房，回头看，刘航他们都跳着脚跟我们打招呼呢。房子建在半山腰上，面对一片能看到大半个村子的风景，屋里堆满了颜料和画布、画架，房间墙上挂着许多没有装裱过的风景画，仔细看看，构图几乎都是一样的，全是屋外能够看到的那一片景色的四季风景画。

我前媳妇看着满墙满屋的画，小声说："这老太太怎么只画家门口这点儿风景。"

"那是我的日历牌，我一年画四张。"老画家支起画架坐下，指了指对面的小板凳说，"小姑娘，你坐那儿，看着我，尽量不要动。"

我前媳妇乖乖坐在板凳上，问老画家大约需要多长时间能画好。问了两次老画家都没有说话，她一双眼睛像敲钉子的榔头一样死死地盯在我前媳妇脸上，手中的铅笔快速而有力地运动着，在山坡上走路时显出的老态龙钟瞬间消失得无影无踪。老画家在画布上用铅笔打草稿期间，我数了数墙上挂的画，仅一面墙上就贴了不下一百张四季风景，有春天的小花小草，也有夏天茂盛的植物，有的画面积雪皑皑，有的画面只有枯枝而没有雪。整间屋子完全贴满了这些构图雷同的风景画，只有三五张是油画，其他的都是画叠着画的素描，有些画纸已经发黑了，像挂在墙上的干紫菜一样一碰就碎。

大约 15 分钟左右，老画家扔下铅笔，颤巍巍地取来油画颜料、画笔、调色盘，正式开始绘画。我站到她后面偷偷看了一眼草图，在心底发出了一阵轻声的惊叹。那是一幅精彩的素描，线条简单直接，在精确的同时保留着某种针对细节上的夸张，最与众不同的是画中的人物，那个女人从五官上判断简直不能说是我前媳妇，可是眉眼间的神色却传神得能听到我前媳妇说话似的。

“好了，现在你可以说话了，”老画家对我前媳妇说，“随便对我说点儿什么。”

“我什么时候可以自由活动?”我前媳妇问。

“等我画完。”

“你什么时候能画完?”

“这个不好说，当我觉得这幅画可以结束了，它就画完了。”

“你为什么要给我画肖像画?”

“村子里可以做模特的人不多——应该说，能当模特的人很珍贵。”

“我自己还不一定要去红圈呢，想讲故事讲给他听就行了。”

老画家停了一下笔，回过头来看了我一眼，然后继续画画。嘴里说：“这个小姑娘一直这么惹人讨厌吗?”

我赶紧冲我前媳妇摇手，示意她不要动怒。

这回老画家没有停笔，我看着她毫不犹豫地为我前媳妇的衣服上色，那完全不是我前媳妇身上所穿衣服的颜色。老画家说：“小姑娘，你还年轻而我已经老了，我不像你对生活还有许多期望，我希望你不要拿这个来嘲笑我这个老太婆。早晚有一天你也会老的，乳房下垂满脸褶皱，出现在公众场合的时候被人嫌弃。所以别拿年轻当作筹码纵容自己的愚蠢，一直像你这样蠢下去，你会嫌弃自己的。”

我前媳妇被老画家逗乐了，发出了银铃般短暂而轻蔑的笑声。

老画家一边画笔飞舞，一边说：“不过，以后我们很有可能在很长时间内要成为邻居，时间长得你想象不到（老画家盯着看了一会儿我前媳妇）。你们两个狗男女的破事村子里的人基本已经知道了，出于礼貌，我想我们有必要增进互相的了解——除非你觉得没必要。”

我也搬了个板凳坐在老画家身后旁听。

不要对你的美貌沾沾自喜，你假装自己不在乎也没有用。我年轻时比你美貌千倍，你的心思骗骗男人和你自己还可以，对我可不管用。

我成名时还很年轻，以我当时的年龄来说，简直可以说背负了过分的声誉和荣耀，当然，由此也会招致许多人的嫉妒和诋毁——这我是可以理解的，因为那时候的我，确实太轻易地获得了许多人奋斗一生也难以企及的声名。当我的同龄人们还在为了进入职业画家行列而苦苦挣扎的时候，我已经能通过国际艺术品拍卖系统以一个还算可以的价格卖出一些画了。评论界大多支持我，他们喜欢我目空一切的做派，以为那代表了新一代的风貌；媒体更是对我趋之若鹜，你知道，媒体喜欢那些平庸的人取得非凡成就，这样便于他们编纂故事，让凡夫俗子们以为自己也可以像我一样。

如今看来我当时的作品当然是不值一提的，我那时候的画作之所以会畅销，凭的不是艺术家应有的魅力和坚忍，凭借的更多是小聪明、是技巧——不谦虚地说，我曾经是个学习能力很强的人，可以轻松抓住其他伟大艺术家们各自的精髓，然后将这些精妙之处融于我的作品中：一点点塞尚，一点点高更，一点点米开朗琪罗，甚至再来一点点齐白石或者八大山人，然后再把所有这些细节捏合在一起并当代化，我所做的就是这些。画挂出来当然蛮漂亮，可惜的是我没有自己，一个年轻人没有自己是很正常的，但不正常的是我通过这种学习和借鉴的技艺过早地获得了成功。当然，也获得了足够令同辈艺术家艳羡的金钱。

我是当时的传奇，是公众、门外汉、更年轻些的画家——尤其是女性画家们的偶像。我不在乎别人是怎么评价我的，我多少有点儿瞧不起那些嫉妒我的同辈艺术家，因为他们或者故作清高瞧不起我、或者嫉妒我诋毁我、或者向我谄媚，以此妄想获得提携和帮助，没有任何一个能像我那样凭借一些小窍门便赢得成功。

我最擅长的是自画像，我爱我自己，并且，也像现在的你一样误以为自己对此不是张扬。我知道自己拥有一般人所不具备的特质，也确确实实迫使世人承认了这一点，或者说，是我的画商和我一起联手迫使世人承认了这一点。代理我全部作品的画商叫老K，他比我大20岁，在进入我的生活之前就已经是艺术界响当当的商人。老K是个成熟稳重、头脑精明的男人，对我一直谦让温柔。我不太知道他为什么在我初出茅庐时便选中了我，在我还默默无闻的时候便通过种种办法让我登上了许多艺术媒体的封面，正是有他推波助澜，我才早早迈入了一线艺术家的行列。在我职业生涯最初的爬坡阶段，我们合作得非常融洽，没有他我绝不可能取得当时的成就，也不可能在“任性”这个层面上被保护得那么好。

我是在26岁那年嫁给他的。而后我们度过了几年还算不错的婚姻生活——我指的并不是法律意义上的婚姻，我们只是像夫妻那样生活在一起，而且出于个人形象方面的考虑，我们并没有向外界公开这层关系，作为一个以艺术家身份要求自己的女性，我以为这是对我最好的方式。

30岁那年我厌烦了画个不停的自画像，我越来越觉得那是在为画商——也就是我的丈夫制造仅仅用来卖钱的商品。我需要有一些新的尝试，只为了我自己的、艺术上的尝试，那才是我当年拿起画笔的原因。我不顾老K的反对，开始了一组大型作品的创作，那是我从来没有接触过的领域，犹如丛林探险的一段工作之后，我兴奋地发现我有能力在这个艰难的、从未触及过的领域内自由驰骋，当然，我进入了毕加索说的那种“艺术的亢奋”。那天我工作了一整天，到晚饭时间了，我想让自己休息一下，为了给自己找一个能够沟通的朋友（我急需把我的兴奋传递给别人），我打电话问我的一个朋友是不是能来和我一起出去吃顿晚饭。我这个朋友年龄与我相仿，我们几乎是同时踏入艺术圈中，他是艺术评论家，而我是艺术家，我们坚固的友谊建立在对艺术无条件的诚实之上。许多年来我这位评论家朋友评论过我所有的画展的几乎所有作品，而我对他文字中的恳切和激情也赞赏有加，甚至他以一个艺术史的、局外人的、普通观众的视角对我做出的种种尖酸的批评，也促使了我在艺术道路上的许多次蜕变。我们是那种萍水相逢的成年人之间最默契、可贵的朋友。

我这位朋友告诉我说晚饭他约了人，是年轻的女画家小甘。“你没准儿会感兴趣的，”评论家说，“她像极了刚出道时的你。”

“哪部分像？”我问。

“除了成就之外的全部。”我那个搞艺术评论的朋友说。

我和评论家都到的早，我向他倾诉着我对近期这套作品的期望，他也被我的幸福感染了。但是当小甘走入餐厅时，我很难再把话题围绕在我的艺术快感上了。我被这个陌生女孩迷住了，我看着她的时候，她总会用香烟遮住自己的脸，脸蛋红了，低头笑着看我一眼，仿佛在说：“你能这么看着我令我心跳加速，但请别再注意我了，我不习惯被人如此重视。”她不是那种特别上相的面容。真正的演员脸、模特脸我见过许多，未必有多么美，那种女演员的五官普遍太夸张了，带有某种产品性和攻击性，线条也不够柔和。但小甘不一样，她的脸庞像蒙娜丽莎一样可以被无限阐释，你只要能把这样的脸庞用画笔精确描述出来，就一定可以制造某种具备神韵的东西。果然，就像当年的我一样。

非常凑巧，当时我用得很顺手的一个助手辞职嫁人了，我需要找一个新的助手来料理一些日常工作，于是当天在饭桌上就问小甘是不是愿意来跟着我工作，做我的助理，可以跟着我学画，愿意的话也可以充当我的模特。

当时我和我丈夫——也就是老 K 的感情出了一些问题，并没有什么具体的矛盾，全部都是情绪方面的，我认为他干涉了我的艺术发展方向，进而认为这十年来他干涉了我太多的东西，我需要更加独立、更加自由，我被生活中的种种胜利冲昏了头脑，以为我必须离开他才能算个自由独立的艺术家。

小甘就是我找来替我打理一切画画之外事宜的人。她的工作内容事无巨细，大到布置新作品展览，小到组织私人聚会和订机票，她几乎 24 小时陪在我身边。她当时的绘画水平仅仅是入门级别，但工作态度认真，尽职尽责地将各种琐碎事务料理得滴水不漏。不知道是不是性别和年龄的原因，和小甘相处的时间长了，我越来越觉得与她在一起比和我丈夫更融洽舒适。虽然我丈夫强烈反对，但我还是执意改变了创作方向，而且糟糕的是，我新画的那组大型创作顺利卖出去了——没有通过老 K 的帮助，是我自己联系了其他画廊卖出去的。于是我们之间的裂痕越来越大，在小甘到来之后的第二年，我不辞而别，带着小甘和我的私人工作室离开了原来的家，也就是说，从我丈夫的生活中消失了。

说来可笑，离开我丈夫之后的两年内我渐渐发现，原来艺术界的规则并不像我以为的那样。虽然我的画越画越好，但却一直没能找到合适的、有实力的画廊代理我的作品，离开了国际画廊和他的帮助，虽然评论界还是一如既往地交口称赞，但实际上成交却越来越差。外界以为我依然是那个站在风口浪尖上的天才女画家，而我却感到了失落。

没有了无聊的、千篇一律的工作性质的绘画生产，得到自由后产生的快感在逐渐销蚀，只不过这种抽茧拔丝式的失落外界察觉不到罢了。空闲的时间越来越多，多出来的时间，我与小甘用来和朋友们玩乐，我自己并不是很会花钱的那种人，但是小甘会，她和她那些如花似玉的女性朋友们很懂得玩乐，昂贵的香槟、集体出游，我们还曾经包下一个东南亚小岛。与男人相比，我更喜欢和这些美丽的少女们在一起，都是些非常私人的、公众所不知的愉快经历。那期间我画了许多美丽的少女肖像，其中最美的一幅是小甘的侧身像——哦，当然是她，不然还能是谁呢——那幅侧身像有明媚的颜色，背景是蔚蓝的大海，小甘吹起一只粉色的泡泡糖，像个无忧无虑的、没有被污染过的粉红色的梦，混杂着阳光和大海的味道，我知道，那是我这一生能够画出的最好的画。我决定自己留下她，我们要一辈子在一起。

当然，我也指导小甘的绘画。她并不属于天资聪慧的那种画家，但是她进步很快，我用自己当年的成功经验指导她的创作。我知道一个年轻画家刚出道时若想得到世人的瞩目，一些夸张和炒作是在所难免的。所以，我经常在公开场合称赞小甘的作品，对外界说小甘的才华不在我之下，如果有一天我飞机失事惨遭横祸，小甘就是我最好的接班人。

我们常年呆在一起，偶尔会因为一些小事吵架，比如说，我看不惯她跟那些女孩儿们走得那么近，她常会因为贪图玩乐而忽略我。不知道从什么时候开始，我觉得她渐渐不那么注意我、崇拜我了，为了打消这种感觉，我决定动用我各种关系，为小甘筹备她的第一次个展，当作送给她的 26 岁生日礼物。

我知道这是她最想要的礼物。我希望她能一炮而红，像当年的我一样成为一个她希望成为的艺术家。我向所有能够请到的朋友发出了邀请，组织整个工作室的人参与这场个展的诸多细节。我甚至还亲自动手，偷偷修改了小甘的一两幅作品，只是很细微的改动，但小甘发现之后还是大发雷霆，我抱着她，安慰她，告诉她这些都是极细微的修改，绝对不能被视为作弊。这依然是你的作品，这些修改也注定是你再过几年将会做出的选择，我保证，再过一段时间回头看，你一定会做出这些修改的，依此逻辑，这甚至也可以看成是你自己的修改。小甘原谅了我，我知道她会原谅我。

小甘的画展开幕前的一个月，我因为一点工作上的事情要去一趟美国，是短途旅行，只有大约一周左右。临行前小甘答应我，她会每天给我打电话，会自己料理个展的筹备细节，“我会随时向你汇报进展的!”小甘的笑容如今回忆起来还是那么甜美。

我周日一早的国际航班直飞纽约，周一没有电话打来，我没有当回事，想小甘一定是忘了。到周二的晚上还是没有电话打来，我有些心焦，给她打了两次电话，手机都关机。我还是没太当回事。到了周三，我给工作室其他助手打电话，询问小甘的去向，他们说小甘周日就离开了，走得很匆忙，没有交代个展的筹备事宜，离开的理由是要回老家去，据说她家里的亲戚出了事必须回去料理。我给她写邮件，询问是不是家里什么亲人病了，如果有情况就尽快告诉我，需要钱的话直接从我的户头上支取，有必要的话我也可以提前回国。周四周五都没有回复。我渐渐有些慌了。周六凌晨3点，我被电话吵醒，心想这个时候不顾时差冒冒失失打电话来的肯定是小甘，感谢上帝！虽然我因为小甘一直没有与我联系心存不满，但是当电话铃响起的时候，这些不满都随着烟消云散了。

我拿起电话说：“小甘……”

对方是一个说中文的男子的声音，自报家门说是某个艺术杂志的记者，问我在大洋彼岸是不是听说了小甘的事。

我心中一惊，小甘肯定出事了，她死了?!

“那么，作为她的恩师和伙伴，您对小甘临时取消个展这件事有什么看法？我们知道此次个展本来是您为她策划的。”

“你是说……”

“是的，小甘忽然取消此次个展，与您之前的合作伙伴——著名艺术品经纪人K先生高调结婚这件事，我们想听听您的看法，毕竟您和这对新人双方都有过许多年的合作经历……”

一时间我感到天旋地转，我从未感觉自己这么像个古典主义的女子，我几乎已经晕过去了。

“我们还听说，他们有可能将小甘的第一次个展挪至婚礼现场举行，并将其作为K先生本人的一件行为艺术，我们想知道您对此事的看法……”

“我……祝福他们。”

“你们三方以后会有新的合作吗?”

“这个现在还不好说，看缘分吧……小甘虽然天赋平常，但她是个很努力的画家，我……我想……”

“天赋平常？您不是一直盛赞她的才华在您之上吗?”

“对不起，我这边儿现在是凌晨3点，我还没睡醒。”

说完我就挂了电话。我坐在漆黑一片的宾馆房间里，不敢相信这是事实。在这个电话之前和之后，世界于我是迥然不同的两个样子。那是我最后的青年时期，苍老对我来说是瞬间完成的，一挂掉那个电话我就老了。她离开了我，有预谋地背叛了我，像把刀子带走了我心头的一块鲜血淋漓的肉。我坐在宾馆的床上，能感觉到自己的骨架、皮肤、身形都明显地泄掉了。

等我清醒了一点儿，第一时间补打了两个电话。一个打给我的工作室，我要确认一下事情是怎么回事。他们告诉我小甘已经取走了属于她的画，他们还告诉我："她好像挺高兴的，说是K老师找到她要求经营她的代理权，还说签约签得比较急，等您回来了再跟您细说。"我工作室的人问我怎么办，我说不怎么办，打电话给所有邀请的来宾，告诉他们小甘的个展临时取消了，记得跟贵宾们道歉。

第二个电话打给我那位搞艺术评论的朋友，他也很高兴地说："就知道看好小甘没有错，小甘早晚会像你一样出人头地的，不过没想到她要嫁给你前夫了，你这人真够逗的，自己闹单身闹了这么多年，竟然先把爱徒许配给前夫了，真有你的！"我告诉他情况不是这样的，我说："小甘她，怎么说呢，算是叛逃了。"我那搞艺术评论的朋友听到这个消息沉默了一会儿，然后劝我不该这么想，她说："小甘有个好前途是好事，你看看她现在的那些自画像，笔触像你当年的一样，甚至更好，这回她有了老K的帮助……"

我没等他说完就告诉他手机要没电了，然后就挂了电话。之后我打开台灯，擦眼泪，使劲地擦眼泪，我不喜欢自己哭丧着脸，那不是我，这么多年以来我都是放肆地大笑着，骄傲地生活过来的，我试着微笑，对着镜子里的自己微笑，即便如此眼泪还是不停地往下掉。后来天就亮了。

我像个行尸走肉般地处理完我在美国的工作，行尸走肉般地坐上飞机，行尸走肉般地回到了北京。一打开手机便涌入许多短信和电话，都是媒体来询问小甘和老K的事的，有文化媒体、艺术媒体，甚至还有财经媒体和娱乐媒体，我相信这是老K高调宣传的结果。我回答他们的口径一概是祝福，说我很高兴看到他们的结合。

当这种巨大的痛苦加诸于我的身上时，我才意识到我当年对老 K 太残忍了，我当时都做了些什么啊，像现在的小甘做的一样的事情！小甘果然像极了当年的我，这就是传说中的自作自受吗？我接受了惩罚，只是，我该怎么面对今后的生活，我该怎么办呢？

虽然我害怕，但小甘的电话还是打来了。她感谢我，我想她确实应该感谢我，为各种各样的事情她都应该感谢我。她问我是不是真的不责怪她，“机会太难得了，而且也不容得我考虑。”她解释说。我说：“当然不会亲爱的，你知道我爱你，你能有一个好前途好归宿对我来说是最大的安慰。”她邀请我去参加她的婚礼暨个展开幕式，我说好的，时间允许我会去的。

挂掉小甘的电话之后，我拨通了老 K 的电话，这是我从他那里搬出来后我们第一次说话。

我说：“我是来道歉的。”

我前夫说：“我很高兴你认识到了。”

我说：“老 K，我真的不希望你因为对我的恨而委屈你自己，那样对你自己和小甘都不负责。你肯定不如我爱小甘，你放了她吧，为了你，为了我，也为了小甘。”

我前夫说：“你误会了……我跟小甘结婚只因为她是个不错的姑娘，报复你只是最初的动机，后来我慢慢就不这么想了。另外，我需要一个新自赏主义的女皇。就像当年需要你这个自赏主义女皇一样，说真的，你在艺术方面总是自视过高，我听说你正在搞一些真正的创作，这挺好的，祝你成功。哦，对，如果你愿意的话，欢迎你来参加我们的婚礼……”

新自赏主义，是的，新自赏主义，后来评论界确实是这么评价小甘的，最积极热烈地吹捧小甘的正是我那位评论界的朋友。还不明白吗？她取代我了，我老了，她来了，成为了那个创造新的传奇的人。她的作品和职业生涯几乎是对当年的我的翻版，或者说，这世界上所有的人一起制造了一个我，然后现在我老了，他们又着手制造了一个更好的。小甘，她吃掉了我。我之前的种种骄傲像层窗户纸一样轻轻一捅就破，太可笑了。

回到北京以后我不知所措，闷头画画，我受不了朋友们见到我时或者同情或者无所谓的表情，也受不了人们在我背后指指点点。

从我十几岁时第一次拿起画笔那一刻，画画就一直是我自我疗伤、自我教育的方式，但是我忽然发现，我的心被污染了，我再也画不出美丽的女人了。我作品中的女人开始变形，眼睛中开始出现怀疑、焦虑、迷茫和危险，当时我自己并不认为这是退步，相反我以为那是我的作品进一步成熟、立体的表现。可是其他人不这么想，他们认为我的作品中那股孩子般的天真没有了，我再也谈不上是什么画家中的莫扎特了，他们认为我废了。小甘的婚礼暨画展非常成功，他们都认为小甘的作品才是更纯洁的孩童般的心灵主导的画面，据他们说，我老了，人也变了，再也不是那个才华横溢的老顽童了。一开始我并不相信他们所说，坚定地认为我是在进步的，直到有一天，我把我的新作品拿到一个朋友的画廊里挂起来看的时候，我动摇了，那些最新的作品挂在白色的墙上，温暖的淡黄色灯光打在上面，新作中千篇一律的漆黑一团连我自己看了都感到厌恶，我一贯优美的笔触当然还在，那些技巧性的东西没有变，但画面变得令人厌恶了，到处都是哭泣、争吵、尖叫、咒骂、怀疑、妥协，原先我贯穿始终的爱与勇气荡然无存。我这一生第一次在艺术上怀疑自己，而之后，这种怀疑一直伴随着我折磨着我。在画画这个事情上，我最初的天赋和勇气消失了。

“我听不下去了，”我前媳妇说，“你非得把世间一切不如意都归结到那个女孩儿身上吗？”

“嗯？你什么意思？”老画家从画布后面探出脑袋瞧着我前媳妇。

“连画画水平下降这种事儿都说成是那女孩儿的错，这太过分了！”

“我只是说个事实。”

“我看你是逃避现实吧？”

“跟艺术相关的事没有什么太恒定的道理，我说我的，你听你的，认可与否随你，实际上我也不奢求你的认可，一个画家因为什么画得好了或者差了，只有他自己才知道，如果连这个都不相信，我不知道你还能相信点儿什么。你们这些愚蠢的外行总认为你们消费的那些艺术品会像拧自来水龙头一样从艺术家心里面拧出来，越外行的人越自信，你以为绘画像橘子一样在地上种颗橘子籽，埋上土浇点儿水在上面再拉个屎，过两年就有橘子吃了？”老画家拿着画笔在离画布五厘米左右的位置挥动了很久，犹豫着是不是要下笔，最后叹了口气扔掉画笔说：“算了，这幅画就这样吧。”

呈现在我前媳妇面前的这幅画上确实有个少女，只是你很难说这个少女是谁。苍白的面容、变形的眼睛、鲜红的嘴唇犹如浸满了鲜血的樱桃。衣服款式和发型倒是我前媳妇，只是颜色都不对。

“喜欢吗？”老画家给自己倒了杯水，站在旁边一手叉腰，仰头往脖子里倒。

“我不太懂得当代绘画……”我说。

“这好像不太像我……”我前媳妇说。

“啊，是啊。”老画家很满意地盯着画布，“我决定在死前，重新修改一下小甘的那幅侧面肖像，我这一生画过的最好的画。说是修改，其实是整个重新画了一遍。这次不画光影、不画五官、不画神韵，只画她。我动笔前在那张侧面像前坐了很久，我盯着那上面柔情蜜意的每一笔、每一处细节看，想起以前的好时光会心微笑，有时流泪。我这一生画过的最美、最恬静、最温馨的一幅画将不再存在，那幅画虽然恬静、温馨、优美，但却不是这个世界本来的样子，也不是小甘和我本来的样子。我凭借记忆重画了她的肖像，那个少女的面容已经不再是少女，那是一张白纸一般的脸、一个可以是任何女性甚至男性的面容，那可以是任何表情，也可以是任何人。但有一点是肯定的，那是一幅邪恶的肖像，你也可以说，画面上那个人就是我。就像我给你画的这幅一样。”

老画家一边整理手中的画笔一边接着说：“从我回到北京到我修改完那幅画，这期间大约三个月的时间。第一个月，我的手机响个不停，各种各样不相干的人来采访我或是别有用心地嘘寒问暖，之后的两个月就没有人再关心我了，我的手机一直是开着的，可是有时候整整一周都没有一个电话打来。我不明白世界为什么一下子就完全不同了。这也是我决定离开这个世界的原因之一吧，我和世界之间的关系不再和谐了。我曾经是一个像小甘一样贪婪残忍的人，小甘的所作所为我几乎也做过，而我还愚蠢地犯了傲慢和轻贱他人的毛病，现在是我偿还这一切的时候了。我留下了遗书，放在我那幅画的旁边，遗书的内容只涉及我留下的那些画的所属权，其他话只字未提。我不知道那幅画会不会成为经典，它要不就是经典，要不就是狗屎，没有中间态。唯独一点我可以肯定，世人在那幅画中看到的将只能是撕下面具后的她，当然，也就是撕下面具后的我。世人如果打算记得我，那就只会记得我的残酷；世人若打算忘了我，那就忘了吧。”

“我把剩下的为数不多的积蓄作为遣散费，留给了之前在我工作室工作的年轻人。然后去了那个东南亚小岛——就是我为小甘画那幅肖像的地方，随身带了一些安眠药。顺带提一句，我选择死亡并不是真的想死，只是不知道如何活下去罢了，活着很难。”

“从北京去吉隆坡的那趟飞机很小，飞机上人也不多，头等舱里除了我之外没有其他客人。我随身带了几本年轻时喜欢的书，我想趁最后的机会重温它们。旅途当中——准确地说是我快要细细看完一整本《北岛的诗》期间，乘务员来向我道歉，说经济舱有位乘客晕机了，可能需要一些简单的治疗，乘务组建议将这位客人挪到头等舱来照顾，问我是不是介意。我当然不介意，没多会儿她们就把那个晕机的女孩儿扶了进来，我一看见那个虚弱的女孩儿，眼睛就湿了。她长得可真像小甘啊。我之所以能确定她不是小甘，只是因为那个女孩儿的目光没有在我脸上停留，她不认识我。我不明白上帝为什么要这么对我，我只想干净地离开这个世界，可他偏偏要把黑色的爪子延伸到如此偏僻的地方来，我当时想，或许一切只是我的想象，那女孩儿可能并不像小甘，或许那个女孩儿根本不存在，或许我疯了。这个世界那么大、那么客观、那么稳固，它不太可能疯掉，疯掉的只能是我，可我是什么时候开始发疯的？我又是怎么开始疯的？心灰意冷和心绞痛原来不仅仅是痛，这带来疼痛的病毒原来还能钻进脑子里，让人不知不觉间发疯，产生幻觉，行为怪异。还好我快要死了，我是不是已经成为了一个疯子已经不重要了。在飞机上，我一再提醒自己安心看书——能安心看书的旅途以后再也不会有了。而后在吉隆坡转机的时候——正如我的预料——整架飞机只有那个少女和我坐在候机大厅等那趟支线航班。我想，那个我以为长得像小甘的女孩儿，恐怕果真是我疯狂的证据，不然怎么会这么巧呢。等那趟支线航班的基本都是结伴出游的情侣，也有来度假的老夫老妻，单身女性游客除了我们两个之外再没有第三个。我看得出来，她想和我搭话，以为我们可以成为半路结识的旅伴，或者仅仅是近距离地来证明一下我的疯狂，但是我知道她只是长得像小甘，她不是小甘，鉴于我认为自己正在发疯，这个女孩儿是不是真的存在也是存疑的。而且这个世界快要和我没关系了，我不想给别人和自己添麻烦。”

“熟悉的旅行社、熟悉的小岛、熟悉的海边小屋和熟悉的景色，只是我已经不再是曾经那个年轻的我。到了岛上的当天，我就把导游打发走了，岛上只剩下我一个人。我白天游泳看书，傍晚吃了一点儿厨房里的食物，晚上在海边面对黑漆漆的大海坐着，坐得实在冷得不行了，就吃掉了整瓶安眠药。然后就躺在沙滩上，像随便哪个困意上来之后小憩一下的老女人那样，伸展肢体，闭上眼睛。我不太在意人们之后发现的我是不是已经被海鸟叼走了眼睛，与之相比，我画了一辈子的那些肖像画显得重要多了，它们的曾经、现在和未来都是有意义的，那些东西从始至终都比人本来的样子更有意义，我到现在也是这么以为的。”

老画家在这里停顿了一下，随手扯下几张墙上的风景素描，把我前媳妇的肖像挂上去。

“我不知道时间过去了多久，只知道当我再睁开眼的时候，周围都是雾蒙蒙的白色，想必应该是清晨，但不一定是当天的清晨。我以为自己已经死了，胃有一点酸涩，空空如也，微微有些刺痛。小甘坐在我身旁，我们面前有一片我这一生从未见过的美丽景色。海浪静悄悄地舔食沙滩，乳白色的雾气笼罩着黑色大理石地板一般平静的水面，几颗晨星高悬，似有还无地点缀在冰蓝色的苍穹之上——我想那会是塞尚最喜欢的风格。我试图说话但是没有成功，面对此情此景，我一直在想自己到底算是活着还是死了，海风吹过来，风吹得我张开了嘴瞪大了眼，旭日带着红色黄色和白色自天边慢慢升腾，我几乎是在一瞬间就感到了她的热量，世界变成了金色的，大理石地板变成了无数的碎片抖动着散发出耀眼的光。我甚至看到一只美人鱼伸展腰肢潜入大海。”

“那个长得像小甘的少女问我是不是愿意跟她走，到她的家乡去看一看。我流了泪，说我愿意。我想，上帝派这个女孩儿到这偏远之处来，并不是为了戏弄我，我疯了也好没疯也好都不重要，重要的是，似乎有人想救我。然后我便跟着那个叫小刘的女孩儿——也就是带你们进山来的刘姐——来到了榛子村，我一直想画下那天清晨看到的景象，不知道什么时候才能动笔。”

我：“你后来再未见过小甘？也没有跟她联络过？”

老画家：“没有，我再未见过她，我从那个世界消失了，人们大概都以为我已经死了。”

我问老画家：“后来那幅侧身肖像呢，成为经典还是狗屎了？”

老画家：“老K把那幅画卖了个好价钱，是公开拍卖，买主是一位私人收藏家。”

我：“这么说，世人还是喜欢它的。”

我前媳妇也说：“你看，老K并不像你想的那样，或许你误会他们了。”

老画家：“我确实可能误会过他们，但不是在这件事情上。那幅画是用小甘的名字拍卖的，他们修改了那幅画上的签名，用小甘新作的名义卖了它，‘新自赏派女皇的革命之作’，多响亮的名字。说起来真怪，我原先以为那幅画的命运肯定会不凡，没想到是这样……”

“不要对我露出同情的目光，年轻人，人人的际遇不同，道路却差不多，没有哪种选择更好，哪种选择更糟。如今我老了，我不想忘掉那些对我重要的、产生过影响的点点滴滴，我在这里生活了很久，红圈也已经去过——这里人人都争着要去红圈，但其实，常常检视自己内心的人，去不去红圈都是无所谓的，红圈能够交给你的东西并不比你自己交给你自己的多，至少就我的经验看来是这样。我知道我是从哪儿来的，为什么会是现在的样子，这就够了。”

“至于小甘，爱情会消退，恨也一样。可是我常常提醒自己不要原谅她，她那个时候的所作所为就像上帝的手、像时间一样是那么不经意的存在，她带走了我身上曾经最宝贵的东西，这东西本该是慢慢流逝的，她快刀斩乱麻地替时间和上帝剥夺了我的青春，或者说，剥夺了我的天真，剥夺了眼中最后的光芒。人不应该代替上帝行使神权，我不能原谅她，我要记得她，我知道这对我自己未必是好的，但如果我忘掉了恨她，我不知道我这颗心还能记住些什么。没有历史的人、没有记忆的人就不是生活过的人，鱼和蝉就没有记忆，人不该没有记忆；人也不该只记得好的东西，只记得好的东西的人更像是快乐的猪，我不希望自己老死的时候，脸上露出美满而没有内容的微笑。如果要如实地记住我所经历的，就不得不记住小甘。”

“我记住了这感觉，画过许多少女的肖像。就好像我现在给你画的这幅，她确实有些像你，但她并不是你，我对你的了解远远不及我对自己和小甘的了解。我画出来的是我们之间的共性，你是个美丽而骄傲的少女，我曾经是个美丽而骄傲的少女，我们做过美好的梦，试着以最美的方式装点这个世界，但是我们都失败了——信不信由你，注定会失败的。”

从老画家那儿出来，我和我前媳妇沿着山间小路在村子外面走了一会儿。

夕阳西下，榛子村的方向升起阵阵炊烟，整个世界被染成鲜红色，莫奈要是还活着，大概就会选择使用这种鲜红。

一个保持着青春期的人总会给身边的世界带来麻烦，我和我前媳妇在这一点上基本还是能够达成共识的。就我个人来说，维持青春是件很粗鲁的事，只要坚持一条准则即可：凡事尽可能不要从事情的最终结果考虑，即便此事将对自己造成负面影响。或者说，即便此事的不良结果在行事之前便已心知肚明，只要此事是此时此刻心中的愿望，就去做。哪怕此事的结果将有可能伤害个把个人也在所不惜，更不用说伤害自己。我就是这么维持我的青春期的，青春其实就是这么个任性的玩意儿，有时候挺操蛋的。

我们走在路上依稀听到村中传来的犬吠。那些鲜红的光照射到人身上之后便转成明黄，我前媳妇因此散发出某种令人黯然神伤的光彩，整个人被勾勒出明确的轮廓，她的鼻子、嘴和随风摆动的头发都如黯淡之星般存在，以不易察觉的方式熠熠生辉。一个尤物在极北之地散发出黯淡的神采，很令人欣慰——如果我们以后会有一个女儿的话，我的前媳妇同志，我就要让她生得跟你一样。

“我不打算去红圈了，那地方对我来说太复杂。我不想把日子过得那么复杂，”我前媳妇说，“你也别去了，让牛老师去吧，我们一起回北京去。”

“你说一起回北京去，什么意思?”我问。

“我也不敢跟你保证什么，我们先回去就是了，回去了你若还喜欢我，愿意和我在一起，我们再看是不是可以重新开始。或者，你想怎样就怎样，觉得自己可以开始新生活了，你就去过新生活也行。”

我想，我们以前所获得的运气似乎都被我们看轻了，没有以前的那些运气我们活不到今天。问题是，一旦获得的运气加诸到我们身上，就被我们看轻了，以为是理所应当属于自己的东西，然后去设想一个更大的运气。更大的运气或许会来或许不会，最终总有一天不会再来，比如说秦始皇拥有天下之后还想长生不老，这个运气他怎么也得不到了；而我的相对小一些，我希望我前媳妇回心转意。

我说：“我最近一直在想，以前对你太不公平了，我从你身上渴求的东西太多，爱情、温暖关怀什么的，我不该要求你什么。我还是要去趟红圈，你等我几天。”

“你这人怎么就这么喜欢自毁呢。”我前媳妇说。

“我已经没有自毁的本钱了，你等我，我一定会回来的。”

一边走着，我一边把我前媳妇拽过来轻轻吻了一下，离村口不远了。

我跳下一个土坡，然后转身接住跟着跳下的她。村里一只老黄狗不知道为什么游荡到了这一带，我前媳妇喊了一声，它就微笑着小跑过来，在我们腿边绕了两圈，跟在我们后面走了一会儿，快到村口的时候自觉没趣，又微笑着不知跑到哪里去了。我们走得很慢，我前媳妇挎着我，偶尔把头在我肩膀上靠一下。

时间若是可以停止，就该停止在那一刻。

刘姐敲了敲主席台上的话筒："那，我们现在开会了！"

晾谷场四周的路灯全亮着，主席台上还专门挂了一溜灯泡，蚊虫围着灯火翻飞；刘航他们几个小孩儿围着主席台疯跑；老画家颤颤巍巍地走到前排，拿拐棍敲一个年轻村民的腿，大家都往边上挪给她腾地方；围着司机老王的一帮闲汉传着烟头点烟；小导演拿着 DV 蹿上主席台，对着我们三个正襟危坐的人一通狂拍。

"都静静！"刘姐冲着话筒喊话，"咱们今天开这个会的目的，你们也都知道了，咱们村儿又来新人了！这两位年轻人是阿兰介绍的，这边这位年纪大的呢，是小孙介绍的。他们加在一起三个人，比往年多了一个。现在这妹子说自己不去了，要把名额让给牛老师——就是这边这位年纪大的。这事儿往年没出过，大家讨论一下，看行不行。行，咱们就遂了人家的愿让牛老师和小齐去，不行，就还照规矩来，让阿兰挑的那两个人去红圈！大家发言吧！"

"人家不都商量好了嘛！"台下有人喊。

"就是，反正又不是让我去红圈，谁爱去谁去！"

"行你妹啊，还讲不讲规矩了，阿兰选人是随便选的吗？你们说改就改！"

司机老王低低吼了一句："小孙就是随便选的了?!"

刘姐维持秩序，说谁想发言上来说，一个一个来。

老画家举起拐杖，冲着我前媳妇说："你！你说你为什么不去！你知道有多少人想再去一趟红圈吗?"

我前媳妇完全被这个村委会式的民主表决制度雷倒了，低着头恨不得找个地缝钻进去，她小声跟我说："这是怎么回事啊！等会儿领导讲话都该出来了!"

小导演举着DV凑到我前媳妇跟前，小声提示她："说话啊，说啊，到你的台词了!"

我前媳妇把头埋得更低了，我挥手让小导演躲开。

一片喧哗中，牛老师请示了刘姐，仪表堂堂地挪动了一下屁股，把话筒挪到自己跟前说："各位乡亲们，各位乡亲们你们好！我想说两句!"

随后的一个小时，牛老师发表了一篇措辞严谨、高屋建瓴的讲话。从自己为什么来到榛子村聊起，聊到保护国宝的重要性及加格达奇地方政府对他此次来访的重视，当然还有像我国这样的大国崛起后，面对的国际形势，最后落在"百年大计，教育为本"上，并强调了他将要为榛子村兴建的希望小学是何其高规格。

聊到最后把所有人都聊困了，像老画家那样年纪大的实在撑不住，气哼哼地回去睡觉了。刘姐中间好几次想带头鼓掌，可惜可叹牛老师的发言在掌声后坚忍不拔地继续了下去。最后，等牛老师终于说出："就先说以上几点，不足之处大家再补充。"大家赶紧鼓掌。

牛老师得意地笑了，说："我说什么来着，你们就不该拿我当什么好人，全被我算计进去了吧?"

我推醒我前媳妇，我们两个纷纷表示，还是他牛逼啊——牛老师!

之后我和我前媳妇仔细缠绵了两天（素了一年半后，我马力全开，功能没有丧失让人欣慰），牛老师通过司机老王从山下捎来两套最好的户外装备，还有一整箱加格达奇能找到的最好的糖果，刘航他们开荤了。到我们出发那天，全村人都出来送。

老王跟牛老师说，要是见到老爷子了替他问个好。

我拉了拉我前媳妇的手说："过两天我要是还没回来，你就自己回北京吧。"这话一说，就觉得我们两个跟连续剧男女主角似的，面对此情此景，竟无语凝咽。

我前媳妇说让我放心，要是回不去了，她会负责跟我北京那帮哥们儿解释，就说我在东北找了个封建会道门出家了。

挥别众人，我和牛老师出发了。

按照刘姐的指示，我们先走山上的小路到看门人处，到的时候只有大黄狗坐在门口，见我们来了就叫了两声。看门人当时正跟屋里鼓捣电脑呢，听见黄狗叫小跑着迎出来，说是已经等半天了，问我们是不是东西都带齐了。

我拿了装地图的蓝绒布包裹，看门人小心翼翼地一层层剥开，拿出地图凑到眼睛跟前仔细看了，又闻了闻味儿，确定是正品无疑。收妥了，跑去动了铁道扳道，说："走吧，山上路不好认，我送你们一段。"

长得跟笑面虎似的老兄穿了全套 north face 登山装，戴着老头钓鱼时喜欢戴的那种遮阳帽，拄着登山杖走在前面，大黄狗在他周围跑前跑后。他时不时回过头来，冲我们点头哈腰地说："怎么样累不累？累了咱们就歇会儿啊！"搞得我们两个有点儿尴尬，牛老师怎么想的我不知道，反正我觉得在荒郊野岭里跟着这么个向导很不妥似的。更多时候，我们只能看见他的胖屁股在前面开路。

我小声问牛老师："刘姐嘱咐你了吗？"

"嘱咐什么？"

"别得罪看门人的事。"

"啊，说了，也没详细说什么，就说别惹这看门人生气，真逗，我一老江湖了，闲着没事儿惹人家生气干什么。"

到红圈的路要走一整天，我和牛老师都不是习惯走山路的人，一路走走停停，歇脚。

看门人一路上挺照顾我们，说路不好走，要歇就歇，可以慢慢走。

牛老师说："小哥，你这工作挺辛苦啊，又要巡山，又要给去红圈的人带路。"

看门人笑着说："还行，我以前在城里的时候就喜欢远足，现在每天在山上转悠挺好的，就跟每天都是假日，每天能上山玩儿似的，嘿嘿。"

"你以前在城里做什么的？"

"我啊，以前是做程序员的，算 IT 业吧。"

"多少小孩儿削尖了脑袋想当个 IT 青年，你怎么想起来榛子村了？"

"IT 青年真干不得了！现在干 IT 的都叫 IT 民工了，牛老师！我上学那几年比尔·盖茨的神话在全世界传得神乎其神的，学习最好的一批人都学软件了。结果呢，等我们这批人大学毕业，程序员已经臭大街了。一方面是 IT 热潮过去了；另外，咱们国家的人保护知识产权意识差，高薪请几个牛逼的程序员写一牛逼程序，没几天让竞争对手直接抄走了，一点儿脾气也没有，这跟人家美国不一样，人家有知识产权保护啊，所以我们这些创造内容的人就越来越不受重视了。为什么叫 IT 民工呢？真的跟建筑工人是一样的！比如说吧，有个公司最近要开发一个办公系统了，就雇一个工头——都是比较资深的业务能力强的老程序员，让他召集一帮大学毕业生当临时工，干几个月，程序做完了发薪水，大家就地解散。工头若是觉得你行，下回有活儿还找你，要是觉得你不行，连这种临时工的活儿都没得干。”

“这么惨啊，”牛老师说，“这帮小崽子！不相信人情世故只相信法律和数字的傻逼就是麻烦，做生意都在底线上博弈。只要不犯法，他就觉得他这事儿办的没错，这种人我遇上过好几个，有钱是挺有钱的，张嘴就问我这东西够几级国宝，到底能不能带到他硅谷老家去！”

看门人说：“牛老师，听说您也是小孙介绍来的？我想求你个事儿，你去红圈要是见到小孙了，替我问问他，看他什么时候有时间来指导指导我，最近有个程序写不下去了。”

牛老师说：“行啊，没问题，我前些天在加格达奇还跟他在一块儿呢，你平时见不到他？”

看门人露出为难的表情说：“唉，自打来了榛子村就一直没见过他，网上也找不到了，小孙忙，老在外头跑。”

我跟小孙算是在网上认识的吧，在一个高级程序员之间讨论业务的论坛，程序员这名词其实跟作家一样，什么样的人都有，托尔斯泰是作家，在网上写段子的也能叫作家，对吧？那会儿我算个有创造性的高级程序员，还当着IT民工呢。

有一年我实在是干吐了，觉得这么混下去不靠谱，像我这实实在在凭双手干活儿吃饭的人，好像永远看不见出头之日似的，那会儿是真不想干了。正彷徨的时候，有个一直带我的工头让老董给我打电话，叫我跟他去一个特别大的外企上班，那外企专门做家庭用杀毒软件的，一说出名字来你们肯定都知道，这回不是当临时工了，这回他去那公司当了个管技术的小头目，正式要招程序员，想起我来了。

我都不敢相信是真的，干我们这行的，要是能进一个外企做正式员工，那简直就跟学外国语的一毕业就进了外交部似的，是最好的出路了。我进公司没几个月，组里来了个叫白露的河南人。这孩子比我们都小，是个名人，上大学时他就做了一个跟熊猫烧香一样著名的病毒。我们一边儿破译他的程序一边儿英雄惜英雄。其实做病毒的和做杀毒的，有点儿像以前旧社会走镖的和土匪的关系，土匪要是没有了走镖的也就没饭吃了，而且大家都是靠武艺和江湖规矩混饭吃，其实算是同一职业的两面。那叫白露的小子后来被抓了，进去以后关了一年提前释放，出来后被我们公司的猎头招聘来，分在我们组。

白露这小子，业务能力强，别人照着规范写十来句完成的一个功能，他有时候用三五句就能完成，或许在动作执行的一万次不同情境中会有一两次无法实现，但与节省下来的代码量和逻辑维护成本相比绝对物超所值。这小子是个写程序的天才，按理说，我和这个白露应该互相欣赏才对，但我不喜欢他，打见第一次面开始就觉得他身上有什么东西让我抗拒，我也说不出具体因为什么，就是本能的抗拒。这种情况我不知道你们遇上过没有，反正我每天在公司对着电脑写程序，他一走到我身后，我就后脊背发凉，不用回头都知道这人靠近了。而且据我猜测，这种感觉应该双方会同时感觉到。

白露这个人话不多，办事极有效率，或许因为他是名人，大家对他先天就高看一眼；但我觉得，更多是因为他对所有事物的那种冷冰冰的态度，他将与人相处这种事也当程序来看，对什么样的人应该说什么样的话，如何应对局面能够让自己得到最大利益，能够让事情进展顺利；甚至为此开一些无伤大雅的玩笑，逢低做小，故意露一些破绽给需要讨好的人看。这种人哪儿都有，脑筋转得快，对方需要什么、想什么，转眼就知道，而且总能在最短的时间内巧妙变幻对策。所以几乎人人都喜欢他，除了我之外。我很奇怪周围的人为什么都没闻出他身上那股臭味儿，他身上那种自命不凡，那种把周围的一切都当程序把玩的高傲态度难道就没人发觉吗？这种人没有自我，无非是为了自身生存的需要摇尾巴或者露牙齿罢了，那股黏糊糊的味道就像蛇一样，竟然没有人察觉。

上班这件事嘛，简单说来就是大家各自从家里跑来，聚到一起完成一些工作，你总不能因为有人气味难闻就辞职不干吧？我想白露那边一定也隐隐感受到了我的心思，那么聪明且善于观察四周的一个人，不可能感受不到我对他的敌意。在某些方面，我们其实也有相似之处，比如我见谁都一副笑模样，尽量待人客气，不得罪人，这并不是说我天性如此，只是我知道自己不懂与人相处，用这张脸来让大家觉得舒服，不要太在意我罢了。

（齐天：我个人认为他这个策略失败了，那张笑脸太恐怖了。）

有一次，老董安排我带两名同事一起做一个项目，项目很重要，老董指派了组里最好的两个程序员协助我的工作，一个是比我还早进公司的业务骨干小雷，还有一个就是白露。这是我们三个业务能力最强的程序员头一次组合在一起突击一个项目，可见公司对其重视的程度。

工作进行了差不多一个月，一切顺利，还是那句话，我虽然不喜欢白露，但他的工作能力强是有目共睹的。最后的收尾阶段，我太太出了点儿小事故，在路边等公共汽车时被粗心的司机直接从脚面上轧了过去，只是脚骨骨折，不算非常严重，需要有人在家陪护。好在那时候项目基本已经做完，只剩下最后的测试工作和一些微调，我请了假回家陪老婆，我这边的收尾工作都是在病床前用笔记本完成的。

两个月后，我们这个三人小组交上去的项目受到了总部公司的表扬，拨了特别奖金下来。奖金倒是三个人一人一份平分，但开会时，老董却着重表扬了白露，对我和小雷几乎只字未提，这让我十分困惑，甚至有点儿难堪。我想可能是我多心了，本来也是捕风捉影的事，没有太在意。

没过多久，同样的客户又买了一个相似的项目，总公司再次指名我们三个骨干组成小组完成。这第二次的项目并不算太难，但时间要求非常紧，几乎可以说是满负荷运转的极限，谁耽误哪怕几个小时都会出问题。这个项目中涉及云数据库的代码编写，这方面本来应该是我负责的部分，但有一种新的代码技术白露比我熟悉得多，之前开讨论会时大家聊到这个话题，我就请他帮我做一些前期工作，之后由我完善。偏偏交工前一天，我查收邮箱，没有见到白露应该发来的一批代码，就打电话过去问他。当时都已经中午了，电话响了很久才接起来，听声音，他还在睡觉。

我问他昨天就应该给我的那批代码呢？

他说昨天有点儿事耽误了，还没有写。

我说："那你现在赶紧写了发给我吧。"

他说："我现在在宾馆呢，手边没有电脑啊。"

我一听就火了，在电话里冲他吼了几句，话也说得比较重，骂完我就挂了电话。别看我平时总笑眯眯的，其实我这人脾气并不好。那天我挂了白露的电话，直接打开程序开始写他那部分代码，当天晚上加了会儿班完成交上去。这事跟谁也没说，没跟老董说，连小雷我也没说。在我看来，工作只要完成了就行了，其他一切都跟我没关系。甚至于，第二天到公司，我还专门找白露聊了一下，我说昨天我态度不太好，他那部分工作我已经替他做完了，我说既然协同工作，说了什么时候要交什么东西就一定要完成，这是以后在一起工作的基础，以后应该注意了。

白露当时看着我，哼了一声，很轻蔑地说了声："成吧。"

我忍住了没有发火，只觉得这人身上的阴气像尸臭一样扑面而来，这世上怎么有这么不识好歹的人，真是岂有此理。

一周后老董开会，提起我们三人小组这次的工作，说做得不错，都很好，总部也比较满意。只是我看还有瑕疵，云数据库这方面的代码还需要加强啊，之前我们开会定的时候不是说要用新的代码技术来写吗？这样要慢很多啊，这部分谁负责的？

我说是我，这方面我疏忽了，下次动手之前还是得看看书，争取用上新技术吧。

谁知此时白露却盯着我说："不是争取，是一定应该用新技术来写！"

我当时脑子嗡的一声，简直撞鬼了，白露的脸上长出了亮闪闪的鳞片！我非常吃惊地盯着他，他一副理所当然的样子扬了扬眉毛，在我看来，他当时坐在会议室对面的样子就像是左右晃来晃去准备进攻的眼镜蛇。我觉得没必要再包庇他了，一五一十把之前白露耽误了工作的事讲了一遍，希望白露解释清楚为什么耽误工作，老董却说："这既然是你分管的部分，就不应该找别人来帮忙！"

老董这么一说，我完全懵了。

我说："之前开会说让白露写一批源代码给我，大家都商量好的，定下来的事情就要执行，如果不想做当时就该提出来，这有什么好争论的？当时你也在啊，大家都在啊！"

我看向小雷，小雷看别处。

老董说："那也是你不对！"

我当时就和老董吵了起来，我完全不明白，我跟了老董这么多年了，我对待工作是个什么态度别人不知道你老董难道也不知道吗？当时我们两个越吵越大声，组里的同事都来劝架，连别的办公室的人都探头探脑地往我们这里瞧。我一边跟老董吵，一边觉得很伤心，老董是我的恩人啊，是他把我招到这个公司来的啊，这么多年我都兢兢业业地为他工作，我们怎么会吵得这么凶啊！唯独白露，就那么插着手坐着，从头到尾一句话也没说过。

这天吵完，我直接回家了，第二天请了假没去上班，在家仔细考虑是不是要辞职。第三天再去公司，同事们看见我神态都与平常不大一样，似乎都避之唯恐不及似的。到现在我也相信，事情本身肯定是我占理，对就是对，错就是错，不会因为对方是我的上司和公司里的红人，黑就变成白。我需要这份工作，不到万不得已不能辞职，但被孤立的感觉真的不好受。老董不再直接向我布置工作，组里的事情，我全要去问别人才知道。以前，午休时大家总是一起去吃饭，但从那次吵架之后的一天，到吃饭时间了，我问组里的人要不要去吃饭，都说等一等手头工作收尾就去。中间我去上了一趟厕所，回来大家就都消失了，从那天之后，午饭都是我一个人吃。我默默地去上班，默默地独自吃饭，默默地下班回家，憋了一肚子的气，对太太的态度越来越差，动不动就吵架。睡眠也不好，常常分不清自己是睡着了还是醒着的，眼睛里布满血丝，常常打哈欠，体重也减轻了。

很多事情我想不明白，为什么大家对我的态度会有这么大转变？有一次在电梯间碰到小雷，我抓住他在公司楼下聊了一会儿，单刀直入地问他，我做错什么事了，为什么大家都躲着我？

小雷语焉不详，欲言又止。我态度坚决，让他有什么话就说出来。

小雷很为难，后来还是旁敲侧击地告诉我，早在第一次三人小组工作结束后，老董就问过他，是不是三人小组的工作实际上是白露做的？

“我当时就实话实说，说咱们三个基本平均分摊的工作，只是最后几天因为你请假在家工作，汇总是在白露那里做的。就说了这些。”小雷说，“问题是，老董为什么会问我这些？”

这么一说我就明白了，白露从一开始就巧妙地利用了老董对他的信任。他不必说假话，只要告诉老董说自己工作压力如何之大，其他可以全凭老董联想，第一次最后那几天我没在公司，而任务又按时完成；第二次白露大包大揽说可以向我提供技术支持，然后再到老董那里说因为没有替我写代码，我如何对他大发雷霆。有这么两次，老董自然认为我是个靠官大半级作威作福，压榨下属，甚至把别人的工作署上自己名字上交的人。

想明白事情的来龙去脉，我觉得又可气又好笑。这世界上竟然还有为了这么一点小小的利益用尽心机的人，这样的人，偏偏是因为有了一帮没有原则的市侩之徒，才有了发挥才能的土壤。比如老董，他为什么不找我本人了解情况？因为他不愿意了解情况，他需要的只是个替他干活儿的副手，如果两人技术差不多，为什么不换那个更懂逢迎的人来干呢？如果是正常的人事变动，大家凭本事竞争，我一点意见也没有，可目力所及尽是些上不得台面的东西。

回家我跟太太商量，想要辞职，我太太坚决反对，说如果辞职就跟我离婚。于是我们就离婚了，倒不是因为一定要辞职才离婚，是因为在这个事情上，我感到这个女人不能成为我终身的伴侣，我对她的意义，难道就是一份稳定的工作吗？我这个人，在她看来难道还比不上一个月几千块钱吗？离婚后，从民政局出来，天空湛蓝，我回到了一个人吃饱全家不饿的单身汉状态，一下子觉得解脱了。紧接着就去公司办了离职，比起白露来，我更瞧不起老董和我这帮墙头草一样的同事，这些人除了势利，难道就不能给自己准备点儿做人的原则吗？

递交辞呈之后，我向老董提出邀请，说要请他吃顿饭。你真该看看老董当时的表情，他也知道自己其实有点儿理亏，顾左右而言他，说自己很忙，中午可能没时间，汗都快下来了。

相对老董来说，我对白露倒是高看一眼。如果这世界对他来说就是一个大程序，而他的工作就是计算利害得失，比较实力审时度势并在合理的时机用合理的步骤达成目的，应该说，白露做得很成功很有效率。气味虽然难闻，却是个精明的人。

辞职之后，我利用以前积攒下来的客户关系，干起了IT工头。以前净受工头欺负了，我不想成为自己讨厌的那种人，尽量公平对待每个来干活儿的小孩儿，每天都第一个来最后一个走，手把手教他们，遇上实在笨得不行的或者为人不佳的当然也会换人，但总体上我不想对小孩儿们太苛刻。另外，我慢慢发现自己好像有了点儿特异功能，只要我愿意，就能把遇上的人看成动物。倒不是说一见到某人觉得他像忠犬八公，他就真的会满身是毛地蹲在地上露出舌头——也不能算是鬼怪电影里说的阴阳眼，没有那么邪乎——比如说对面一个人老老实实坐着，我只要集中注意力，盯着他仔细看一会儿，他身上笼罩的一层能量场就会开始显现，更像是味道，对，与其说是视觉不如说是味觉。这本事挺好玩儿的，有时候在拥挤的地铁车厢里，我就依次观察周围的人，各种各样的形态都有，有的顾盼得意的人，仔细看过去竟然是些毒蜘蛛、大苍蝇似的东西；有些在垃圾桶里捡瓶子的老人，远远望去却似一条苍龙；一起工作的小孩儿，我也会先注意观察他的形态，太奇怪的东西比如爬虫类的就不招了，味道上我不喜欢给人黏稠感觉的人。

什么？你们二位？这样不好吧，真的要知道吗？好吧，待我仔细看一看，嗯……都不是很特别，一位是中华田园犬，一位是花栗鼠……哈哈，开玩笑的！还是继续说我为什么到这儿来吧。

有一阵子网络上流行一些闹着玩儿的小插件，把你的基本信息输入进去，它告诉你前世是什么人，或者你更应该叫什么名字，或者你跟哪位明星性格最像，或者你其实是一只什么动物。最后这个小插件，我工作之余，纯属穷极无聊试了一下，出来的结果竟然和我判断的一样。然后又发给周围几个人让他们做，结果还是一样！我拿黑客软件开了它的后台分析它的代码，完全看不懂，或者说，代码写成这样就不该能跑得起来，可这个小程序不但跑了，还不是一般闹着玩儿的，是准确的，而且这个准确只有我能验证。我通过一些论坛和朋友，辗转找到了做这个软件的人，作者竟然是我之前认识的那个程序员论坛的小孙！对，就是阿兰小姐的弟弟，非常事儿事儿的一个人，无论何时何地都拿着个派头，是那个过于考究的小孙。我重新找到了小孙的联络方式，一开始我们只是讨论技术，其实都是我讲，小孙对他那个程序怎么做的闭口不谈，但他对我的一些疑问随口指点几句就很醍醐灌顶。那时候我们并没见过，都是在网上聊天，一来二去的时间长了就成了惺惺相惜的好朋友，至少我这边是拿他当莫逆之交的。

有一次我做工头接了一个难度很大的新项目，需要招几十个临时工一起干活儿，其中算上我至少要有三四个真正的专家。有朋友介绍了一个高级程序员，先在家写了一些拿来看，我觉得很好，就提出见面谈谈工钱，一见面，竟然是白露。他见到我也很吃惊，不夸张地说，尴尬的表情在他脸上最多停留了半秒钟，立刻换了一副他乡遇故知的欣喜神色，上来和我握手，连说：“你好啊！好久没见了！最近怎样啊？”原来我走之后不到一年，老董因为谎报项目预算的事情被开除了，白露是老董的心腹，虚报预算的事他知情未报，也受了牵连。中间介绍的朋友见我们以前就认识，很高兴，拉拉杂杂开始从我们以前所在的公司开始聊闲天。这期间我有一些失落，怎么讲呢，在某些层面讲我是个自负的人，曾经我以为，白露这个人虽然气味难闻，但至少是个难得一见的人尖子，不管是马匪也好，走镖的也好，终归该是个武林高手。结果这天定睛一看，哪里是什么眼镜蛇，两个眼睛突出来 360 度滴溜溜乱转，只是个装腔作势的变色龙罢了，以前看到的红信子，无非是变色龙黏糊糊的抓苍蝇用的舌头。就这样一个人，我竟然曾经败在他手下被扫地出门。这说明什么？他太精明我太蠢？或者，这个世界太糟糕了？

回家去，面对那个我自己租住的 10 平方米的小单间，觉得这世界没劲透了。我给自己倒了点儿酒喝，写了篇博客讲了白露的事，也讲自己的困惑，人如果能够被定性判断，这世界又是什么颜色？我又是谁，我对自己的判断准确吗？当天晚上小孙来电话，那是我第一次听到他的声音，觉得这人还挺奇怪的，说起话来文绉绉的，跟演话剧似的。他告诉我，有个地方可以解开我的疑惑，每个到红圈去过的人，都能在那里找到自己的镜像，一个真实自我在现实生活中的映像，一个对世界和自身进行判断的参照系。所以我就来了，去过了红圈，见到了属于我的镜像，但从此再也没有和小孙见面聊过。我想重新和他聊聊，不只是技术上的事，还有些生活上的事我没有搞明白。我想，小孙总不会像老董那样，觉得我没用了就避而不见吧？

说着话路就显得好走，到看门人讲完他的事，天光已晚，我们来到一座横断道路的大山面前。那山拔地而起，怎么看怎么像《不可能完成的任务》里汤姆·克鲁斯爬的那种鹰飞倒仰的峭壁。看门人左顾右盼了一会儿，带我们来到一处山洞外面。山洞里黑漆漆的，还往外冒着白花花的湿气，看上去有点儿吓人，好像张开大口的山形怪兽。本来神清气爽的大黄狗，到这里便夹住了尾巴，躲到了看门人身后去。

“我就只能送你们到这儿了，你们自己进去吧。”看门人露出令人恐怖的笑容，却十分客气。

“你在红圈见到过什么?”我问。

“我遇上了小时候的一个朋友，要不是在红圈见到他，我几乎都忘了还有过这么一个人。”看门人有点儿不好意思地说，“我想那意思是告诉我，当年你对那朋友好点儿，更关心他点儿，之后的人生就不一样了……不说这些了，你们都是来红圈找什么的?”

“我是来找溥仪的宝藏的。”牛老师说。

“我……我不确定，一开始是找人，后来人找到了，又觉得自己其实不是在找人。”我说。

“那，你们二位谁先进去?”

我和牛老师互相看了看，我说，我先进去吧。

洞很深，有路，有些石头被踩得和其他石头颜色不同，顺着这些颜色不同的石头一路往里走，越走越是漆黑，目力所及唯有手电筒勾画出的狭小范围。有风，想必能通到什么地方去。岩石上的露水滴下来，啪嗒啪嗒地犹如缓缓流淌的小溪。

再往前走便慢慢有光，穿出山洞豁然开朗，眼前是山谷中一片规规矩矩的正圆形空地，被周围群山环绕成型。抬头望向天空，正是夕阳西下的时节，满天的云彩都是灰色、红色和橙黄色，只有我们头顶上一片正圆形的云空了出来，好像红圈向上一直到天顶的这个空间是一个大圆柱子。这么美的天空，云彩、飞鸟和夕阳到了这里全部拐弯避开了似的。

我们站在这片四面环山的类似于旷野之上，举目四望，这就是人人抢着要来的红圈吗？我站在空地当中进退失据，有那么一瞬间，我觉得我脑子里有什么东西“咔吧”响了一声，就像是触动了什么机关一样。

成为我前媳妇

“你对《西游记》了解吗?”这是我前媳妇跟我说的第一句话。

事后想想，这是个颇具传奇色彩的开场白，就好像美女要扔在人堆里比着看，开场白这东西，也要扔在我前媳妇之后跟我说的无数话中看。在关于《西游记》的开场白之后的漫长时间里，我们彼此说过许多诸如“你到底什么时候洗碗”;“小齐你知道吗，今天我打扫了房间”;“天啊，又要交水电费了”;“我今天查了一下存款余额，情况不容乐观”;“你是个坏人你知道吗”等等鸡毛蒜皮的句子，有时候我们躺在一起，盯着天花板，看着旁边熟睡的这个女人，我发自内心地觉得我前媳妇这句关于《西游记》的开场白十分精彩。

那一天我应邀去愚公移山看一个Hip－Hop方面的演出，Free Battle你知道是什么意思吗？就是一个DJ放些节奏（有时候也不要DJ和节奏），然后两个认识或者不认识的MC上来对骂，用中文，当然也可以夹杂英语，比如“Yeah Yeah Yeah Show”、“Mother Fucker”之类的过场，《8英里》那电影总看过吧？Free Battle就是痞子阿姆在电影中不停参加的那种比赛。

那天的比赛是我在《滚石》中文版工作的一个朋友组织的，邀请我去玩儿的人也是他。比赛当天他是裁判，一直忙着在台上大呼小叫地煽动观众，人太多，基本看不到台上有什么，我就坐在台球桌旁的沙发上喝啤酒。那天的我像平常的我一样，处于微弱的悲观、中等程度的自我怀疑和深刻的无所事事当中——我来这儿干吗？这世界上麻烦事那么多，我干吗偏要在这儿消磨时间？可是如果走出这酒吧的话可干的事情就更少了，要不我回家看DVD或者学英语去？你看看人家都显得那么活力充沛，知道自己该干什么，我怎么就总觉得这世界跟我没关系呢？不求上进和无所事事倒确实是我急需解决的麻烦之一，我也考虑过是不是从现在开始发愤图强解决掉它们，但解决了“对什么事都提不起兴趣”这个麻烦之后我又该干什么呢？是不是有个女人我就不这么虚无了。

愚公移山的台球房间是个怪地方，人少的时候可以看到舞台，门口虽然没有“检查进入房间之人是否是圈中人士”的保安，但圈外人士一般只是在去厕所的路上探头探脑地往里看上一眼，每次演出时不看演出，专心拿台球赌钱的一般都是呼朋唤友的圈中人士，而坐在台球桌旁边沙发上抽烟或者喝酒的一般都是圈中人士的家属，当然偶尔也有我这样的边缘人士诚惶诚恐地和家属们坐在一起喝酒。

在一起无所事事地坐了10余分钟之后，这个事后成为我前媳妇的女大学生直呼我的名字，并且问我：“你对《西游记》了解吗？”

我略略有些不明所以，仔细端详了说话之人。戴着Hip－Hop范儿的大耳环，穿着Hip－Hop范儿的露脐小背心以及将将遮住屁股的小热裤，盘儿正条儿顺的Hip－Hop美女，手里和我一样握着瓶青岛一口口喝。按照我以往的生活经验，这位Hip－Hop美女与《西游记》之间的距离，大概跟小瓶青岛精装与巴尔扎克之间的距离差不多遥远。

我看着她一时有点儿不知道该说什么，事后成为我前媳妇的女生再次重复了一遍：“《西游记》，就是唐僧去西天取经的那个。”

我说："不是日本漫画版或者周星驰电影版的？"

"不是，就是正正经经的那个《西游记》，四大名著之一。"

"这个……怎么说呢，基本可以说了解吧，上小学的时候看过一遍，后来上大学的时候又看过一遍。唐僧老师所经历的九九八十一难肯定没法儿一个一个说出来，不过仔细回忆一下，说出其中一二十个大概不成问题吧。"

"那么你觉得唐三藏这个人怎么样？"

"呃……不是太喜欢吧，无欲无求的人总是让我又妒又恨，当然，抛开我这点儿私心客观评价，就另当别论了。"

"客观些评价呢？"

正好这时候一场 Free Battle 结束，我那个朋友在台上问观众谁才是胜利者，观众一片欢呼，声音有些大，我们两个就看了一会儿台上，正好给我时间想了一下下。

待声音小下来，我字斟句酌地说："客观点儿说，唐三藏老师还是个不错的人吧，以前他做僧人之前的名字叫陈袆，可能是个高官的私生子。理想主义者，禁欲派，行得正做得直，在旅途中几乎没有污点。而且历史上这个人也不错，回国后成为宗教领袖，很安心地忙于宗教事务和经文翻译，直到现在，我国大乘佛教经文版本依然沿用了他老人家的翻译版本。而且他还曾经把老子的《道德经》翻成了梵文，说明这个人总体上是个剃秃了脑袋的读书人，不算宗教狂热派，所以，怎么说呢，这个人还不错吧，还是有贡献的。"

后来，成为我前媳妇的这位 Hip－Hop 美女"哦"了一声作为回应，然后端起小瓶青岛精装来喝了一口，目光直视舞台，也不知道是对我的回答满意了，还是觉得我这人无聊。

我们枯坐了一会儿，其间我无所事事地抖动右腿30秒，大口喝掉半瓶啤酒，点了根烟四顾茫然了一小会儿，然后问她：“您怎么想起问我《西游记》的事儿？”

事后成为我前媳妇的美女尽量亲切地笑了一下说：“最近在电视里看到重播《西游记》，就是咱们小时候每周追看的那个，记得吧？”

我笑了，我说：“记得记得！”

“那会儿我好像刚上小学，每周六晚上要去少年宫学画画，下课的时候《西游记》已经开始了，我爸爸每周都骑车带着我往家飞奔——那会儿家里还没有录像机一类的东西嘛，错过了就是错过了，每周六都只能看到最后半小时的《西游记》和片尾曲。”

“那后来是什么时候看全的？”事后成为我前媳妇的美女好奇地问。

“忘记了，大概是那之后几个月内重播来着吧？哦，想起来了！好像是那年暑假重播来着，就是‘为了丰富少年儿童暑期生活，央视特别推出暑假特别节目’那种重播，每天上午10点左右开始，连放两集，享受啊，现在回忆一下，估计当时我过了个不错的暑假。”

“哦，那真挺不错的。”我说。

“我呢，是前两天在电视里看到有重播，就特别高兴地看了两眼，”事后成为我前媳妇的美女说，“一看不要紧，真失望啊，画面、剧情都粗糙得要死，一到龙宫里的戏就更可怕了，电视画面上冒几个水泡泡，龙宫的地板铺满了蓝色瓷砖，还有那个武打，一看就是从不知道哪个京剧团找了帮跑龙套的，围着孙悟空翻跟头，显得孙悟空特别厉害似的，一个个跑龙套的翻完跟头就躺在地上哀嚎……”

哈哈哈……我被眼前这位美女逗得大笑了一会儿，其实前两天我拿着遥控器换台的时候也看到重播《西游记》来着，感慨大体相同。

“真不知道那会儿为什么大人小孩儿都疯了似的追看。”我说。

“是啊，”事后成为我前媳妇的美女应和道，“那会儿的电视节目匮乏到什么程度啊，真不可思议。”

我们举起酒瓶碰了一下，事后成为我前媳妇的美女说：“我是关了电视之后忽然想起一个事儿，问了好几个人都没解释清楚，我看过你写的东西，所以想问问你。”

“关于唐僧的人品问题？”

“差不多吧，”事后成为我前媳妇的美女说：“这两天我就一直想，你说当年唐僧西天取经回来，干吗告诉唐朝人说他到了西方极乐世界？那不就是印度嘛，脏兮兮的一个地方，每人一身咖喱味儿，还时不时地要到浑黄的恒河去洗澡……”

“哦，是这样啊……”我说，“这个问题以前我还真没想过，听你这么一说倒是，确实有点儿怪。”

“就是嘛，唐僧那不是骗人吗，仗着自己去过别人没去过的地方，就信口胡说。”

我又笑了一会儿，觉得眼前这美女实在有趣，笑起来的时候两边眼角各有三道皱纹，笑完了睁大眼睛看人的时候，那三道皱纹就像是夏天往大街上泼的水似的，瞬间就蒸发消失了。我那得到肾上腺素有力支持的心脏怦怦怦地紧跳了几下，台上又有新的选手上台互骂，我问了一下她是不是还要喝酒，就去吧台又要了两瓶冻出了甜味儿的青岛精装回来。

把酒递给她，我重新陷回沙发说：“严格说来不能算是唐僧骗人，《西游记》嘛，那是后来几百年说书人照着唐僧写的《大唐三藏西域记》编出来的，算是民间传说吧，咱们现在看到的《西游记》是有人把各种版本的民间创作给集合了一下，配了点儿诗歌什么的。”

“就是那个吴承恩?”

“怎么说呢……以前上大学的时候听老师讲过，《西游记》到底是不是他写的，现在学界还有点儿争议，不过书嘛，有个作者名字署在上头总比没有强。”

“哦……原来是这样。”事后成为我前媳妇的美女若有所思地喝了口酒，“那唐僧自己写的那书叫什么来着?”

“《大唐三藏西域记》。”我说。

“这个《大唐三藏西域记》里是怎么说印度的?”

“哎呀，这个……”我到底被问住了，我说，“这个书我还真没看过，不过要是你真想知道，我下回去图书馆可以借出来研究研究。”

“那敢情好，不会太麻烦你吧?”

“不会不会，经您这么一说，我也有点儿好奇了，而且要研究这种问题，只要挑那书里部分章节看就行了，很简单，不耽误什么时间。”

“喏，那搞清楚之后一定要告诉我。”

“好好，没问题。”

说着，事后成为我前媳妇的美女站起身来跟我道别，回到她那圈朋友那边儿，特别高兴地跟那几个人说了会儿话，我猜大概是：那边那个齐老师到底是专业人士等等。带她来的那个男的我不认识，看样子有可能是个学生歌手。

我继续在台球桌旁边的沙发上无所事事地坐了一会儿，喝了第三瓶青岛精装，我那个《滚石》中文版的朋友还在台上无暇分身。大约半小时之后，我站起来，走到事后成为我前媳妇的美女身旁（我忽然发现这位美女个子真高，脱掉高跟鞋之后也至少跟我一样），我先是冲着那个疑似说唱歌手的人点头示意了一下，然后拿出手机跟她说：“要不我们换个电话?”

事后成为我前媳妇的美女像做了错事似的做了个弯腰捂嘴的动作，然后一边从小挎包里掏手机一边说：“忘了忘了，喏，告诉我你的，我给你拨过去。”

我跟我前媳妇就是这么认识的。

第二天中午起床，我刷了牙洗了脸，就跑去北京图书馆借出《大唐三藏西域记》学习了一下。跟佛教稍微沾一点儿边的各类古书的句子总是很怪，还总是喜欢用一些很生僻的字词，若论平时，我横竖也不会大中午的跑去学习什么《大唐三藏西域记》。看这种书简直是折磨人。

大概搞清楚唐三藏老师这个书的意思了，我就顺手借了点儿别的书来看，当天晚上从图书馆出来，拿着手机犹豫了半天，左想右想，还是忍住了没有打。我非常确定，如果今天晚上我一个人在家呆着，这个电话肯定还是会拨过去，这可不行，老大不小的一个人了，不能还像精力过剩的男大学生那样挺着个鸡鸡满北京地吓唬人。打了许多电话，终于约齐一个牌局，晚上跑到哥们儿家打牌去了，从晚上 7 点多一直打到天亮才回家，赢了 40 元，打牌这种事儿总体说来很虚无。

盼星星盼月亮的终于盼到第三天晚上，看着放在桌上的手机 10 分钟之久，然后给事后成为我前媳妇的美女打电话，告诉她我已经研究过那个唐三藏老师亲撰的书了。

“怎么样？他到底骗人了没有?”她多少有点儿兴奋地问。

我说：“要不要一起吃顿饭?”

我到早了 20 分钟，本来以为路上会堵车，结果竟然一路畅通。进门挑了个靠窗的沙发坐下，先要了瓶冰镇啤酒喝，喝了一半去走肾，在男厕所的镜子里使劲端详了自己一会儿，回座位管服务员要了把指甲刀剪手指甲，其实指甲还没长到需要修剪的地步，无非是打发时间罢了，另外我还想，要是晚上需要用手指操作什么的话，把手指甲剪干净一些比较礼貌。剪完了指甲我坐在座位上左顾右盼，心里想：幸好把记事本扔在家里了，要不然这会儿自己肯定会拿出记事本使劲温习《大唐三藏西域记》的相关内容。那可实在太傻气了。

比原定时间晚5分钟，事后成为我前媳妇的女士走了进来，我起身迎她入座，我们用陌生人的方式很客气地寒暄了几句，推让着点了菜。点完菜面对面坐着的时候我忽然发现，我们好像真的是陌生人。

“那么……唐僧老师在他的著作里是怎么说的?”她装出很兴奋的样子问。

我大概说了一下那天在图书馆的阅读心得，《大唐三藏西域记》基本是本游记，不同之处是记载的主要是各国的宗教事务而非风光，当然也包含了一些风土人情之类的，目的地天竺只不过是他记载的一百多个国家中的一个而已，并未刻意拔高成“到处生活着神的极乐世界”，当然“天竺人满身咖喱味儿”这种事也只字未提。

“大概生活在唐朝的人不会把别的国家有多不卫生这类事写出来，”我说，“他们大概已经自信到不需要比较了。”

“哦……那这么说唐僧没骗人。”

“他本人应该是没有。”

“那这游记里有没有提到女儿国呢?”

“好像也没有……”

“哦……”

话说到这里沉默了一会儿，这个结果大概有点儿索然无味。此时此刻的沉默让我的大脑有点儿短路，每每想到点儿什么话题，话到嘴边又觉得即将发起的话题足够无聊。这时候服务员端来她要的饮料，她道了谢，服务员退下。

“齐老师手头写什么呢?”

“你指平时上班还是写小说?”

“写小说。”

“正在写的这个，大概一万来字的一个短篇吧，故事基本就是讲有个读书人大半夜的在看书，忽然从窗户飞进来一个女鬼说，公子，咱们行个天伦吧，书生明知道跟这个女鬼混上就死定了，可还是非常乐意地接受了。”

“然后这个公子没死，从此跟女鬼幸福地生活在了一起?”

“差不多吧，好歹得比《白蛇传》幸福点儿，我还没想好最后怎么结尾，不过我想应该不是会死人的那种结尾吧，我比较喜欢愉快一点儿的结尾。”

“你在好莱坞有熟人?”

“不是不是，就是觉得靠悲惨结尾恶心人不太高级，莫扎特一辈子过的也就那么回事，可是他的作品里几乎从来没出现过悲怆什么的。”

“贝多芬不是挺悲怆的吗?”

“谁让他得梅毒发了疯呢，这不能怪他。”

她有些怔怔地看着我，她说：“你这算冷笑话吗？我一点儿没觉得好笑。”

“呃……贝老师确实得过梅毒，而且他最伟大的几部大作品几乎都是得了梅毒之后写出来的，你知道吧，染上梅毒之后人的大脑就跟磕了药差不多，先是光辉灿烂、辉煌至极，然后转向消沉黯淡……”

“怪人。”

“唉……”我不好意思地笑了，“大家都这么说。”

事后成为我前媳妇的女士对怪人的发言不满意，有些忿忿不平地说：“瘾君子和梅毒患者多了，也没见那么多《悲怆》第三乐章冒出来！”

“那是那是……你学过音乐？”我赶紧转换话题。

“也不是吧，就是小时候家里让学过钢琴，正经考到了十级。不过那玩意儿根本算不上学音乐。上高中那会儿班里有个男生要弹吉他表演《钟鼓楼》，就是何勇那个，特别简单的一首歌儿。那兄弟听说我是钢琴十级就找我，说咱俩合作一个吧，新年联欢的时候上台演一个。我也挺高兴的，觉着不错，练了这么多年，终于有一回上台不是为了汇报演出和钢琴考级了，就回家听那个男孩儿给的磁带，照着和弦编钢琴旋律，然后就崩溃了。”

“嗯？崩溃了，为什么啊？”

“我完全编不出来。按说就是吉他加钢琴的一个小协奏曲嘛，才5分钟左右一个小歌儿，各种和弦跟和弦变化加在一块儿都不超过10个，这么简单的东西我竟然都编不出来，坐在钢琴前偷偷哭了半个小时。我小时候几乎就没怎么玩儿过，没上小学就被爸妈按在钢琴前面，岔开十个手指头拼命按琴键，同一个大院里同龄的小姑娘都扎着小辫儿在外面玩儿过家家——听着我弹奏的《致爱丽丝》在大院儿里给洋娃娃梳头，想想我就来气啊！10多年下来又要练琴又要学习，每天回家作业一点儿没见比别的孩子少做，还要每天弹奏海顿跟莫什科夫斯基，到了高中二年级已经是钢琴十级的天才美少女，真是人见人爱啊，连我自己都特别喜欢自己，弹起巴赫的赋格曲来字正腔圆、典雅高贵。古典音乐你懂一些吗？”

"略懂。"

"把巴赫的赋格曲弹得字正腔圆、典雅高贵，这可不是随便哪个17岁的花季美少女能做得到的！"

"明白明白。"我赶紧应和道。

"一个能把巴赫的赋格曲弹得字正腔圆、典雅高贵的天才美少女，竟然编不出一个和弦使用都没超过十个的小协奏曲，练了10多年，大好青春都耗在钢琴上了，结果竟然把自己练成了一个读谱器！换你是不是也得崩溃啊？"

"大概会吧……"说完，我想到应该安慰安慰她，就说，"不过钢琴师不一定也得是作曲家啊，就好像写乐评的不一定非得懂乐器，这就是个分工嘛。"

"话这么说当然很正确，挑不出什么毛病来……"她说。

"不过？"我说。

"不过我作为当事人可没这么轻松，每年暑假同学约着去海边玩儿什么的，我一次也没参加过，从小到大一次也没有！我得顶着大太阳去老师家练琴，每周二、四、六，三次风雨无阻，恋爱都没正经谈过，操的！"

服务员陆续给端来了菜，白水豆腐、乌江鱼、米豆腐什么的，我做了个"请"的动作，她气哼哼地吃了起来，样子很可爱，让我想起忘了从哪儿听来的一句话，说是当女人生气的时候，往往习惯于"把愤怒溺死在食物里"。

我说："那后来呢，那个演出怎么办了？"

"后来那个演出失败了呗，"她说，"学生出节目的年级新年联欢，这种性质的演出谁会给你时间准备啊，都要准备冬天的期末考试是吧。"

我想了想我上学的时候，好像真是，新年一过没几天就是冬天的期末考试了，大家都很忙，有很多习题集要做。

“那个男孩儿演出前一天把磁带给我，给我弹唱了一遍，告诉我他想要的一些效果，然后我就回去编钢琴部分，打算是第二天演出前合练一遍就行了。因为算是班里出的节目，班主任、年级主任和各个班的宣传委员都要审查，他们都只听了那男孩儿的弹唱就让节目过了，因为所有人——包括我自己都认为我这方面不会有任何问题。”

“我操……”

“是吧，值得崩溃吧？我在自己房间里，对着家里那台陪了我 10 多年的钢琴发了疯似的弹那些简单得不能再简单的和弦，我妈那天几次进来劝我睡觉都被我骂出去了，直到大概夜里两点，我爸爸说要是我再不停下，他就要动手揍我了。从小到大，我还真没被我爸爸揍过哪怕一次，那天真是给吓着了。晚上偷偷哭完了，我躺在床上这叫一个恨啊，恨我妈，恨我爸，恨钢琴，恨我那个钢琴老师，恨一切跟钢琴沾边儿的东西，发誓这次新年联欢演完了以后，再也不碰他妈的什么钢琴了。那天晚上几乎就没怎么睡，拿随身听插上耳机听那盘磁带，手指头动着假装自己在按琴键，拿脑子想这里弹成什么样子比较好些。以为自己第二天到学校把脑子里想的这些弹出来，或许就没问题了——就这么拿脑子想乐曲到几乎天亮。”

我帮她添了碗汤。

“听我说这么半天自己特没劲吧？要不咱们还是聊点儿别的吧。”

“别，千万别，正听得上瘾，没准儿下篇小说就写这个了。”

她给自己点了根烟笑着说：“行吧，权当为你提供素材了，那这顿饭你请了，是吧？本来该我请的。”

“当然，当然，谁跟我抢单我跟谁急。”

她抬起头，向空中吐出一口烟，好像要拿烟射击虚空中的小虫子似的。

是一个关于美少年和美少女的故事。

经过崩溃和自我怀疑，第二天一早，神情恍惚的美少女到了学校。美少年很吃惊地问美少女脸色怎么这么差？美少女骗他就说昨天闹肚子来着，没睡好。

利用午休时间，在空无一人的礼堂里，两个人进行了演出开始前的唯一一次合练。那男孩儿坐在钢琴旁边听了一遍美少女编的钢琴部分，本来一开始还嬉皮笑脸的一个小伙子，听完一遍之后，嘴上虽然什么也没说，脸色可不一样了，整个人迅速变得认真起来。但是又不愿意让美少女看出他对演奏极端失望。

“挺不错的，不过我觉得这个小节或许这么弹会更好些……要不咱们照我说的这个方法试试?”

美少女照着男孩儿所说弹了一遍，磕磕绊绊的，简直一塌糊涂。

“没关系，这里还是我变化一下吧，你的风格也不错，就照着你原先的来吧。”

美少年说了不少这种话，挺不错的一个男孩儿。

作为一个从未正经谈过恋爱的 17 岁天才美少女，平心而论，整个学校里配得上她的恐怕只有眼前这个美少年，听说他邀天才美少女跟他一起演节目，还有个暗恋美少年的女生往美少女的饭盒里扔扫帚条儿。美少女知道是哪个女孩儿干的，但是没找她计较，一方面因为自己其实也没多喜欢这男孩儿，犯不着；另一方面也因为这天才美少女从小儿就讨厌女孩儿之间那些小伎俩。

后来两个人在礼堂里抓紧时间又练了一会儿，美少年帮着修改了不少地方，也把自己的吉他部分改了一些以适应美少女。后来两人弄出了一个版本，勉强可以上台的那种，然后上课铃就响了。美少年抓着美少女的手在校园里狂奔，一边儿奔还一边儿安慰她，说没事，咱们那个版本应该没问题了。回到班里坐下之后，美少女气喘心跳了几乎一整节课，别人都以为她跑得太猛了兼体质不好，只有她自己知道，自己要出丑了。等到联欢会开始了，在后台备台的时候美少女紧张得要命，从来没这么紧张过。她以前好歹也参加过各类钢琴考级、上千人的汇报演出什么的，可是那个跟这个年级里的新年联欢会不同。新年联欢会，观众全是常年在身边生活的同学，一群常年拿美少女当天才供着的人，而且又是和那个男孩儿一起演出，是他的节目，美少女是他的钢琴伴奏，不能把他的节目搞砸了。可实际上是真的搞砸了，在台上可能是因为紧张，也可能是对匆忙编排的新版本太不熟悉，反正就是砸了，完全砸了，弹得七扭八歪不说，中间还弹错了两三个地方，甚至有一段美少女的钢琴 solo 竟然忘了弹，站在台上目瞪口呆，他回过头来看美少女，台下一片窃窃私语。

演出结束之后倒是有些稀稀拉拉的掌声，纯粹出于礼貌的那种，从台上一下来美少女就再也不跟美少年说话了。像美少女那样的天才美少女，在尚未长大之前心理防线惊人的脆弱，谁要是看到她出丑，她最想做的就是逃跑或者把那个人掐死，至于基于此发展出一段感情，干脆想都别想。

“他当时看我不理他了，挺莫名其妙的，后来还在我们家大院门口堵过我，大概是很想跟我掰扯掰扯，让我重新理他吧？不过这种事儿我完全可以不为所动，你明白吧，从小儿上我们家门口堵我的男孩儿他还真不是第一个。”事后成为我前媳妇的美女说。

“明白明白，身为美女的必修课，坚决不能给小男生好脸色!”

“哈，差不多吧……新年联欢会之后至少一个星期，没有任何人跟我提过这场演出，就跟我脸上忽然长出了一个巨大的伤疤似的，没有任何人提起它，全都躲着——除了那个往我饭盒里扔扫帚条儿的女的之外。”

她很自嘲地笑了一会儿，趁着她抖落烟灰的时候。

我说：“插个话……”

“嗯?”

“干吗不找个理由躲过去呢，就说忽然肚子疼什么的，他自己一个人上台的话也不会太糟吧，那本来就是个吉他弹唱的歌嘛。”

“是，我也知道他没说‘恐怕还是我一个人上台比较好’这类话，完全是为了照顾我的心情，不过哪怕有一丝希望，我也得维持住‘天才美少女’的名号啊，”她笑着说，“再说临阵脱逃也不是我的性格，这倒是真的，从小儿一直就是个挺亢的人。”

“后来真的不再弹钢琴了?”

“也不是说完全戒掉吧，有时候在朋友家聚会什么的见到钢琴也上去露两手，纯属娱乐性质，现在北京家里也没摆琴。”

“爸妈从小逼着练琴，说得好听点儿是陶冶情操，其实更多是为了升学加分什么的，进重点小学，进重点初中，进重点高中就没有哪次不是从艺术特长生这名分上获得好处。崩溃事件之后就发誓再也不干这技术工种了，跟爸妈完全闹翻了，钢琴老师那儿再也不去了，我爸爸扬言要揍我，我妈妈找了个能让我看见的地方偷偷哭，后来停发我零花钱，后来又找家里爷爷奶奶什么的跟我谈话，所有人都劝我，觉得我疯了。哼，我才不听呢，明明是他们全疯了。高三报考大学的时候，他们本来希望我留在北京，可是我一定要离开他们，我受不了家里人那种貌似特别照顾我、可怜我的眼神——这孩子病了，别跟她提钢琴的事儿——我可没病，我相信自己是健康的。后来报考了四川那边儿的大学，然后就走了。现在是暑假时间，所以才在北京，不过就算我回来了也不怎么在家呆着，尽量找各种理由出来玩儿，我不想看见家里的人。”

“就是这样。”她举起酒杯做了个祝酒动作，算是讲故事的人向观众（也就是我）致意。

我称赞她故事讲得好，有条理而且也准确。然后等着她问我点儿什么，但是没有，她没有问我什么，直接把话题转到了近期的一些演出和音乐节上，我当时已经知道她也写一些乐评。一边回答她关于摇滚乐方面的问题，我一边在心里默默叹了口气，觉得对方大概对我的心事没什么兴趣，也就是说对我这个人大概也没什么兴趣。那晚除了她讲的故事，没有什么别的有趣的事，饭后我们约了去看两周后的一个音乐节，我答应帮她和她的几个朋友搞到免费的通票。然后就散了。我不希望两周后才见到她，临分手时罗列了几个最近值得一看的演出，说愿意的话可以一起去看看喝点儿酒之类的，她说要是有时间就给我打电话。

电话并没有打来。

我在北京呆着没有什么特别的事情，索性陪两个女性朋友去青岛千里寻夫——她们的男友正在青岛的一个酒吧驻场打碟，酒吧老板是当地黑道小头目。我们一帮人在青岛玩儿得很愉快，住在青岛栈桥旁边的一个老式德国建筑改造的青年旅店里，老板的海鲜虽然贵，但做得特别好，我当时在那帮人里算有钱的，临回北京前请他们吃了一顿。其中一对情侣管我借了些钱，后来回北京两个月后还上了，一个兄弟衣服带少了管我借了一件五道口大棚的外套，至今未还。那次旅行已经过去很久了，如今回想起来依然是非常愉快的回忆。

在青岛的日子过于悠闲，而且我每天都尽可能多写一些小说。写小说这事情蛮寂寞的，要想很多事情，越想越寂寞，越想越空泛，每次认真写点儿什么的时候，我都寂寞得要死，觉得这个世界终于又和我没关系了，每每到了晚上大家都睡了，我写完小说去海边散步，从青岛岸边往黑黝黝的大海望过去，觉得这茫茫星空，真是虚无啊。

在青岛的日子过得很没有刻度，忽然有一天她打电话来，问我后天在哪儿见面拿票，我这才想起来两周已经过去了，音乐节快开始了。如前所述，我和青岛方面的朋友们匆匆挥别，坐上了回北京的火车。在火车上睡不着的时候，拿 IPOD 听歌，竟然觉得有点儿委屈，为什么我写小说写得这么寂寞，还要给一个对我没兴趣的女孩儿当演出通票用……我确实常被这类小事扰乱心胸。

音乐节开始那天刮了大风，我背着音乐节野营用的帐篷之类的东西在朝阳公园门口等她。她比原定时间早来了 10 分钟，后面跟着两个女孩子，据介绍是她在四川上学的同学，来北京找她玩儿的。我们一行人通过了检票处往里走，她离开了那两个同学，跟我一起走在前面，并且挽住了我的胳膊。这种程度的接触让我心里轻轻一惊，我们的关系从这一刻开始产生了质的变化，我对她来说不再是个说话需要使用“您”的朋友了，我们至少是多少带点儿暧昧色彩的朋友了，我对她来说是个可以信任的人了。至少我是这么觉得的。

我被她挽着往音乐节场地里走，沉默太令人脸红了，我便问她：“你今天好像有点儿不一样?”

她说是啊，那两个同学其实在学校里也不是特别要好，但是一来北京就拽住她让她陪着玩儿，今天又刮这么大的风，上午竟然去了天坛公园，她说这辈子大概第二次去天坛公园，并示意我看看她们两个（我们两个偷偷回头看），“两个把自私写在脸上的家伙！”她这么抱怨，“没办法，都是我师姐，在北京又不认识别的人，我躲也躲不开，只好硬着头皮陪玩儿到底吧。”她这么解释。

我们在靠近主舞台的地方一起扎了帐篷，遇到了许多朋友，她对什么都好奇，我就一个一个给她讲，那是哪个乐队的主唱，那是谁谁谁，他们有什么八卦，谁的效果器最贵，谁的技术其实才是 No.1 等等。她发自内心地喜欢我这扇新鲜的大门，我能感觉到，我们扔下她的两个朋友在帐篷那儿自己呆着，借着去买饮料上厕所等等借口出去晃，后来风停了，秋日艳阳高照，后来还有漂亮的夕阳，我们把整个朝阳公园的小路都走了一遍，她走在我身边，给我讲学校里的事情的时候，听我讲乐坛八卦的时候，我能感觉到她感觉到了的那些欣喜。她就像头高挑的小鹿从林间闯入我的必经之路，小心翼翼地看着我，一脚踏在我的心上，再低头慢慢把那些小碎片都舔到一起去，我的心就变成了被蜜糖重新黏合的东西。

红圈 ——

迷迷糊糊当中，我能感到阳光正照在我的脸上，周围有鸟叫的声音，地上又冷又硬。

我感到自己的身体空洞，整个人处于一种令人不安的紧缩之中，窗外传来的声音、我的身体、照在脸上的阳光以及盖在我身上的棉被全部处于这种紧缩状态之中，温暖但是空洞，仿佛我这个人已经从里面掏空了，变成了一具被棉被和阳光覆盖着的人体标本。

这一觉睡得我筋疲力尽，闭上眼睛，觉得眼前这一切肯定是一场梦。如果我真的醒了，为什么挪动不了身体——有时候你以为自己醒了，但是偏偏喝不了水，也上不了厕所，干着急也没办法，那就只能证明你还在梦中。有人摸了一下我的头，我依稀觉得那好像是我前媳妇，她说你太累了，继续睡吧。我闭上眼睛，再次坠入浑浑噩噩的睡眠。

我有戴着手表睡觉的习惯，大概是由于神经衰弱吧，我总是半夜醒来，而且醒来的时间不定。有时候是两三点，有时候是四五点，我一般半夜醒来之后都逼着自己再躺一会儿，看能不能在半睡半醒之间，自然而然地滑向睡眠那半球去。有时候做一会儿半睡半醒期间才会做的梦，就真的会再度睡着，有时候不会，神志从半睡半醒的中间点滑向了非睡眠那一方，那就是要醒过来了。等我终于醒了过来，用手搓了搓脸坐起来，发现自己独自一人躺在榛子村的客房里。借着手表微弱的荧光看了许久才认清，我醒来的时间是凌晨3点，离村里大多数人醒来的时间还差两个小时。

我摸黑从床上爬下来，下炕去倒了点儿暖壶里的水喝，去牛老师房间看了看没人，再摸黑回到床上。在床上坐着想东想西，拿过窗台上的烟来点了一根，在黑夜里默默抽烟。我怎么会睡在这里的，之前我应该是在红圈，然后咔吧一声，我开始做那个又长又好的梦了吗？如果是个又长又好的梦，我前媳妇哪儿去了？

我觉得窗外有什么响动，后来听明白了，是手扶拖拉机的声音，发出遥远星球射来的放射光线那样微弱的响动，若不是黑夜过于安静，这么轻微的声响是绝对不会被人发现的。拉开窗帘，我本来是想看看外面的星星，或许还能看到手扶拖拉机远远开来的灯光，却把自己吓了一跳：有个黑影贴在窗户上，可能是个人，站得非常近，以至于完全看不见他的样子，只能看见一个黑漆漆的轮廓，像是随时会融入玻璃，然后透过玻璃穿窗而入似的具有压迫感。那黑影看到我拉开了窗帘，一点儿感到吃惊的意思都没有，两只眼睛直勾勾地射出黯淡的光，我不知道他打算拿我怎么办，大气儿不出地也看了他一会儿，然后那个黑影转身走了两步，没入黑暗的一瞬间消失了，像是重新回到了属于他的世界去。

当我的眼睛逐渐适应了窗外的色度，并借着村中硕大的月亮约略看清一些东西之后，我隐约觉得那个背影似乎是个女人。

她盯着我的房间干什么呢？她在这儿站了多久了？我的心跳好歹平复下来，在炕上枯坐了很久，窗帘半遮半掩，留出了一条可以供我看到小院以及小院之上的月亮的缝隙。实话说，遇上这种事儿，我心里有些苦，不怎么是滋味。作为一个书生，我一直相信自己热爱女鬼，可是，你若真成了女鬼，干吗不以一个更优雅些的姿态出现，你吓唬我干吗？你说我是不是该觉得心中有些苦，有些不是滋味？我爱我前媳妇，我前媳妇爱我，她变成女鬼来看我了，两个眼睛直勾勾地盯着我，我甚至怀疑自己看到了她的表情，嘴角不自然地下撇，幅度非常之大，几乎要把整个脸扯破了，但整个脸看上去却像是笑着——当然这也可能只是幻觉，按理说，我应该什么都没看见。

要是恨我就带我走吧，我穿了棉衣从炕上下来，叼着烟坐到院门口的门槛上，屋外虽然黑却很宁静，早已没有什么跟女鬼、魂魄一类东西有关的痕迹了。

月亮还是亮，像皮包骨头的瘦狗，空气中有一股冷飕飕的甜味儿，手扶拖拉机的突突声还在响，并且声音逐渐加大到虫子扑打翅膀那个强度。我坐在门槛上吸烟，甜飕飕的空气冻得我的脸皮发紧，眼前模糊不清的可疑雾气凝结在一起，后来眼睛适应了黑暗，才看明白是另一个院子白色的后墙。

手扶拖拉机的突突声已经增强到小鸟歌唱的程度，好像是进村来了，村口的狗例行公事地叫了一声。后来手扶拖拉机越来越近，行至跟前，突突声在宁静的夜中像打雷似的发出隆隆巨响。拖拉机上坐着那个长得像我前媳妇的女人，那个叫阿兰的，面无表情地看到了我，过于消瘦的司机老王嘴里叼着烟开车，没有理我，很威武地开着手扶拖拉机突突走了。

这一天早晨醒来的时候，门外有几个女人在用绝非早晨该有的语调说话——很精力充沛的那种语调。我穿好衣服走出门去，她正在和刘姐一起择扁豆，地上有个铝制的盆，旁边的报纸上摊着还没择的扁豆和择下来的扁豆丝。一老一少两个女人坐在小板凳上，随口说笑着什么。

刘姐见到我笑了笑说："起来啦。"

我点点头说了声早晨好，我问："我女朋友呢？"

刘姐说："你睡了一星期啦，人家早走了！"

那个长得像我前媳妇的女人看了我一眼没有说话，眼神不像昨天晚上那么冷冰冰的。

刘姐介绍说："这个是阿兰。"

我说你好。

刘姐说："小齐是写小说的。"

阿兰说："我知道，我以前看过。"

我说怎么可能呢，你看过哪个？

"差不多都看过。"

我点点头，又问刘姐："牛老师呢？"

刘姐说也回去了啊。

许多昆虫在院子和房屋的上空盘旋，一条黄白相间的土狗微笑着从院前的小路上经过，几朵白云飘过，在远处一望无际的山巅留下影子。刘航他们冲了进来，喊着说："哥，你醒啦！"

刘姐让我跟大家一起去，并且叮嘱阿兰，让她别忘了带我回来吃午饭。

我们顺着小路走过村子东侧的菜园，走进树林，翻过一座小山之后进入神的树林，再走一会儿就到了有瀑布的池塘。一路上孩子们簇拥着我和阿兰，管我叫哥，管阿兰叫姐，仿佛什么都没改变过似的。我甚至怀疑孩子们是不是把阿兰和我前媳妇搞混了？路上我悄悄把刘航拉过来问他："刘航，小声告诉哥，姐叫什么？"

刘航仰头看着我，一副莫名其妙的表情，圆乎乎的脑袋瓜满是疑惑，仿佛在想：哥这是犯什么毛病了？

“哥，你不知道姐叫什么？”

“我知道，我怕你们不知道。”

“姐叫阿兰啊。”

“那以前那个姐姐呢？”

“以前哪个姐姐啊？”

“就是跟我一起上山来的那个姐姐。”

“那不就是阿兰姐姐吗？”

“刘航你看，我就说你们都搞错了吧，她们就是长得非常像而已。”

“哥，你咋了，阿兰姐姐就是跟你一起上的山啊。”

“航儿，你别逗哥，现在我脑子乱着呢。”

“本来嘛，姐是神的女儿，你和姐一起上山来的。”

刘航眼睛里露出了担心的神色，拉住我的手一起在神的森林里走，仿佛怕我走丢了似的。

孩子们像以往那样奔跑欢笑，阿兰坐到我旁边，和我一起看溪水。我觉得大脑有点儿短路。

“你喜欢榛子村吗？”阿兰先开口说。

“还行吧，在这种地方呆着人都变笨了，也分不清是不是在做梦。”

阿兰点点头，看着钓线在水里沉浮了几下，然后说：“我怎么看你有点儿郁郁寡欢的。”

“有好多事情没搞明白。”我说。

“那干吗不搞明白呢？”

“因为你啊。”

阿兰看着我笑了笑。她嘴里哼着《致爱丽思》的旋律，把脚放在溪水里十分悠闲地晃动着。这么着是肯定钓不到鱼了，我想，钓不到就钓不到吧，本来也钓不到几条。

我试探着问："你对唐僧怎么看？"

阿兰睁大眼睛看了看我，她说："你怎么忽然想起问这个了？"

"没什么，随口一问……"

"你这人怪有意思的，"阿兰说，"是个怪人。"

我讪讪地笑了一下说："大家都这么说。"

"齐老师好奇的就是唐僧的事儿？"阿兰以奚落怪人的语气笑着说。

"不不……那倒不是，"我犹豫了一会儿，然后说，"刘航说你是神的女儿，我觉得这也挺怪的。"

"嗯，那倒是，我们榛子村的人确实像一帮怪力乱神的家伙。"阿兰故意装出有点儿生气的神色说，"你觉得很可笑吗？"

"不不，怎么敢……"

"我确实是妈妈和神的孩子，所以刘航他们都叫我姐姐，我比他们都大嘛，"阿兰说，"可是这也不是我能决定的啊，我生出来了就是生出来了，我可没觉得血统高贵有什么好的，糟心的事儿倒是不少。"

"糟心的事儿？像我这种平头老百姓家的孩子有点儿理解不了……"

"这有什么理解不了的……"阿兰想了一会儿，然后说，"就比如吧，大概我上五六年级的时候，我有一回跟小孙闹别扭——小孙你见过了，是吧？"

我点头说见了。

"那会儿他大概跟现在刘航一样大，那次妈妈带我们俩去一个亲戚家玩儿，不是什么很近的亲戚，在那之前从来没见过，好像是爸爸那边儿的一个远亲，一个四五十岁的阿姨，人挺和善的，一见面就一手拉着一个说‘长得真好，多好的孩子啊，真希望我也有这样的孩子’什么的，又给我们拿糖吃又偷偷塞我们零花钱，我和小孙都特别喜欢她。当时是因为什么事儿来着……”阿兰把脚举出水面，盯着自己的脚趾想了一会儿说，“可能是那个亲戚送了我们两个一人一支自动铅笔吧，不是铅笔就是圆珠笔，反正是那会儿比较稀罕的那种笔，塑料的、挺漂亮的洋玩意儿，一个蓝色的，一个绿色的。”

“那阿姨把笔给我们，然后去厨房跟妈妈一起说点儿什么事。我拿着笔，两个比较了一下，笔是一模一样的，但是我喜欢蓝色，就把绿色的那个给小孙，那家伙也不知道犯什么病，非说要蓝色的那支。这家伙平时本来不喜欢蓝色，蓝色绿色他都不喜欢，大概是看我留下了蓝色的，以为那个肯定比绿色的好，小孩子嘛，总会觉得别人手里的东西比自己的好。”

“那倒是。”我应道。

“然后我们两个就吵起来了，小孙非说他要那个蓝色的，我是姐姐，发育得早个子比他高，就这样……”说着阿兰比划了一下动作，“一手把蓝色的笔举起来，另外一只手伸直了顶着他的胸口，这家伙横竖够不到我，非常恼羞成怒，哈……”

阿兰说着就笑了，由于那个动作十分形象，我也被逗乐了。我想起以前我们男孩儿之间打起架来，个子高的总是用这招让个子矮的恼羞成怒。

阿兰说：“然后小孙就急了，不停地把我的手拨开，像要冲过来跟我打架，嘴里还喊着：‘我要蓝的！我要蓝的！’正好这时候我那个亲戚端着果汁进屋来，看到我们在打架什么都没说，把盘子放在桌上走过来，把小孙拉到一旁，蹲下来看着他说：‘怎么能跟姐姐打架呢？’我就在一旁说：‘就是，怎么跟我打架……’我话还没说完，我那个亲戚就使劲扇了小孙一个巴掌，跟他说：‘以后不许跟姐姐打架，知道了吗？’小孙当然非常委屈，毕竟还是小孩儿嘛，眼泪在眼眶里打转，半天没说出话来，本来挺和善的一个阿姨忽然不由分说地给了自己一嘴巴，肯定挺震惊的。”

我不由得倒吸一口凉气，说还真是，我们平头老百姓家的孩子大概还真不会遇上这种事儿，按说应该会批评岁数大的孩子不知道谦让。

“那你当时什么感觉？”

“那会儿我也还是小孩儿，只觉得这阿姨站在我这一边挺不错的，蓝色的笔也保住了，挺不错的。心里还有点儿得意，觉得你看看，跟我吵架没好处吧?!”

阿兰露出狡黠的表情。

我说：“那刘姐呢，刘姐怎么反应的？”

阿兰说：“妈妈没看到，是事后那个亲戚给妈妈讲的经过，说：‘小孙竟然要跟阿兰打架，以后还是要小心些，真要是伤到阿兰可怎么办？’言下之意还多少有点儿责备妈妈，神的家族嘛，长幼尊卑这一套还是挺厉害的，我妈妈也让小孙跟我道歉。”

“挨了一巴掌还要道歉，真够惨的。”

“是啊，当时我只觉得得意，现在想想小孙有我这么个姐姐简直是天灾，”阿兰吐了吐舌头，“所以后来长大了一直对这小子挺好的，总觉得小时候欠他的。”

“那后来真的道歉了？”

“可不，两个大人都站在我这一边儿，那小子不道歉还能怎么办啊。”

阿兰说，“后来从那个亲戚家出来，妈妈一手拉着我一手拉着小孙，蹲下来看着我说：‘你是当姐姐的，你应该对弟弟好，知道吗？’妈妈盯着我，我一下子就觉得自己好像是做错了什么，就点头说知道了，妈妈让我也跟弟弟道歉，我就跟那小子说：‘我也错了，蓝色的那个还是你拿去吧。’真正让我伤心的是那小子当时的眼神，即便当时我还小也感觉到了，那眼神是真害怕了，整个人面对我的道歉不由自主要往后退那种，直到妈妈把我们两个的手放在一起，这小子才平复了。”

“刘姐是个好妈妈。”我说。

“神的妻子嘛，肯定得是好妈妈啊，要不这个世界不就乱套了！”阿兰笑着说。

太阳渐渐大了起来，阿兰的弟弟妹妹们在水边玩儿，刘航和另外几个男孩儿已经捉了不少鱼了，正拎起网兜来比较战利品。

“不错，你是个好听众。”阿兰伸了个懒腰，说回去吧，差不多该吃午饭了。我点头说好，阿兰就跟弟弟妹妹们说：“走啦！回家吃饭啦！”

我们再次蹚过小溪，这次我和阿兰并排走在一起，孩子们拎着鱼和花环前前后后地跑着。

走在神的森林里，我看着身边走着的阿兰，她跟我前媳妇长得真是一模一样啊。

我压低了声音，小心地说：“阿兰，这都是你策划的？”

“嗯？”

树间的阳光一道一道在阿兰脸颊上滑过。

“她到底去哪儿了？她说过要等我的，不会就这么平白无故消失掉，你们在搞什么鬼？”

“我是神的女儿，你跟我说话要小心。”

树间的阴影一道一道在阿兰脸颊上滑过。我们一起默默地在林子中间走了一会儿，刘航他们特别高兴地在我们前前后后追跑打闹。

我说：“你给我地图之前就想到了，对吧？”

阿兰看了看我，点点头说：“想到了。”

我们继续走着，谁都没说话，树林很安静。

阿兰说：“你要相信，她还是爱过你的。”

不，她恨我。我想。

阿兰看我没说话，就赶紧说：“啊，也没道理，就是这么觉得——女人的第六感吧，大概是。”

我看着阿兰不知道该说什么，如果真是这样就好了。

“齐老师，我告诉你个秘密吧……”阿兰小声说。

我看着她。

“刘航就是妈妈和陈褂的孩子。”

陈褂？我在心里默念了一遍，这也算秘密？

午餐是馒头、清炒扁豆、拍黄瓜，还有用萝卜煮的鱼汤。馒头是刘姐自己蒸的，黄瓜和扁豆都是后院种的，鱼是上午钓来的。刘姐做的饭菜很好吃。

我们三个人在刘姐的房间吃完午饭，我帮着阿兰把碗筷收拾出去，本来我想帮着阿兰洗碗，阿兰说我是客人，不能让客人洗碗。

“看着神的女儿洗碗不帮忙，这会不会遭天谴？”

阿兰看着我说：“你是认真的吗……”

“不不，只是开个玩笑……”

“快回屋里去，我看你需要跟妈妈好好聊聊——你看你双眼无神的，一直想找她聊天来着吧？”

我回到屋子里，刘姐正坐在窗边看着什么，阳光从她的背后照射进来，拢出了精巧的轮廓。刘姐见我进来了就摘下眼镜，笑着露出酒窝说："昨天没睡好？"

“啊，是啊……”我犹豫了一下说，“刘姐，我没法儿在您这儿住了，我得走了。”

“你想离开村子了？”

“也不是今天就一定要走，帮我安排一下吧，看什么时候有车下山。只是别让我在旁边那个屋子住了。”

我坐到炕沿上，舔了舔嘴唇。

刘姐问：“怎么了？昨天晚上遇到什么了？”

“昨天遇到她了，她好像恨我，在窗口狠狠瞪我来着。”

“你看清了，她狠狠瞪你来着？”

我沉默了一会儿说：“其实也没看清，太黑了，可是我觉得是她，也觉得她狠狠瞪我来着，我当时觉得她肯定是想来把我带走。我女朋友其实没回北京吧？你们把她藏哪儿了？”

刘姐把书放在旁边看了我一会儿，然后她说：“我想你误会她了，谁该承担代价是神决定的，不归你们管。”

“你凭什么跟我说这个，就因为你们都相信神？”我盯着刘姐说，“你们说的好梦就是这个？抹杀了她让阿兰来代替？”

沉默像是水银似的在满是阳光的土炕间流动了一会儿，如果仔细听的话，窗外的鸟叫声婉转动听，形成了一种令人心悸的高频声场。窗外有云飘过，阳光曾经被短暂遮挡10秒左右，沉默像金属物质般沉甸甸的，我有些绝望地看着刘姐，刘姐的表情和我差不多，但我想刘姐眉宇间的忧愁大概应该翻译成怜悯或者仁慈，神的怜悯和仁慈其实是一码事，就像神的冷酷一样。

阿兰甩着手上的水走进屋来，在沉甸甸的沉默之外走动了一会儿，拿毛巾擦干净了手，说："什么情况，你们严肃什么呢？"

我说："啊，没事，刚才我讲了个笑话不太得体，正在想怎么跟刘姐道歉呢。"

阿兰冒着冷汗说："难道你给神的妻子讲了个黄色笑话……妈妈，放出一道闪电宰了他吧……"

刘姐重新露出酒窝说："要是我放的出来早就放了，作为家庭妇女，我还真挺想学学这种本事的——刚才小齐说他想回去了。"

"啊，为什么啊？"阿兰捅了捅我。

我冲她笑了笑，低头没说话。

刘姐说："最近小孙和老王要下山，你到时候就坐他们的车走吧。"

我抬头看着刘姐："小孙也在？"

"他一直在，不过他有别的事要做。你要坐他们的车下山吗？"

当天下午我就打点了行装。

这天晚饭后我去找了小导演、老画家、老王等等我能认识的人，所有人都莫名其妙地看着我，觉得我在犯神经病。老画家甚至跟我说："你还是赶紧下山看看心理医生去，别在我身边晃悠，我最讨厌神经病！"

到了晚上翻来覆去睡不着，爬起来在屋外看星星。

像是一股空气中的甜味，我听到有人在唱歌，我觉得有可能是阿兰，就循着歌声走过去。月亮很大，走在路上树影斑驳，穿过神的树林时歌声混杂着水声越来越清晰，渐渐能听到那歌词是："山里的夜如此宁静，篝火温暖了人们的脸庞；仰望星空璀璨，欢聚的歌声充满喜悦；年轻的人儿梦想着远方，爹爹说，我是奴役的玫瑰花。”

我走到那歌声身边，看见水里的阿兰，月光照在她身上，在头发和肩膀上形成了反光，胸部由乳房留下两个柔软的黑影。我的心脏怦怦跳着，心想还好是夜里，要不脸红会被阿兰看到的，同时下体感到了甚是亢奋的勃起。

阿兰看到我，便从水里站了起来，她把头发扎起来，慢慢往浅处走，乳房像两只浑圆的苹果似的挺拔，水波在她平坦的小腹上起伏，月亮晃眼极乐，我能看到她浑身上下出了一层小鸡皮疙瘩，远远看去，整个人像是一块温软的玉。

我酝酿了半天，才勉强说出一句还算合时宜的俏皮话。

“跟神的女儿干坏事，神会不会找茬把我做掉?”

“这个……说不好，爸爸倒一直不喜欢我带回来的男孩儿。”

“有人被做掉吗？比如几天之后被陨石砸死之类的?”

“那倒没有，”阿兰笑着说，“被神驱逐的倒是有。”

说着阿兰像条鱼似的潜入水中，我看着一个黑影射过来，在我面前一米处破水而出，阿兰站起来把脸上的水捋掉，我往前走到水里，抱住阿兰纤细的腰肢。

我说：“被神驱逐是什么意思？神请外星人把男孩儿绑架走了?”

“哈……没那么严重，无非是从此以后和神的世界脱离——这个还挺严格的，别看我是神的女儿，要是触怒了神也会被驱逐呢，小时候妈妈就老拿这个吓唬我。”

“哦……那不就成了玉皇大帝和他那个思凡女儿的故事了。”

“齐老师，跟我在一起的时候心里可不许想别人啊!”

“可是，实在太像了啊……”

“想多了会遭天谴的。”

“你认真的吗？”

“不不，开个玩笑……”阿兰笑着说，“神也左右不了凡人的心思。”

神是仁慈的吗？如果他允许我亲吻阿兰，那他大概就是仁慈的。月似银盘悬于星空，瀑布水声隆隆，阿兰的身体比泉水暖，我想我的身体也会比泉水暖，我们的身体会比这世界上所有的泉水加起来都暖。阿兰的身体摸上去像是一团柔软的胶质物，她的嘴唇吻上去湿津津的，舌头像是一条小蛇。她把手伸向我的下体，握住，看着我笑了笑，然后潜下水去把它含在嘴里。

我叹了口气，仰望星空，觉得死在这女魔头手里也未尝不可。

就像一把刀子需要刀鞘，就像一团漫无目的的火需要坑，长夜漫漫星空璀璨，人鱼小姐，女潜水员，泉水里的D罩杯，被奴役的玫瑰花……

这时候我看到对岸出现了几个人影，赶紧拍了拍阿兰，她从水里钻出来，对面的人影排成一排，像一群追杀夜奔而来的锦衣卫。其中依稀有老画家，有小导演，也有刘姐，还有好几个人分不清是谁。刘姐说小齐，你等会儿到我屋里来一下。然后黑影们转身没入树林消失了。

阿兰骂了句娘，说这回麻烦了。然后撇下我游回对岸，开始穿衣服。

我说：“怎么回事，这难道是民国时期反封教礼制的鲁迅体小说吗？”

阿兰一件一件穿上衣服，说你也赶紧穿上衣服吧，别着凉了。然后也没入树林走了。

我一个人在池塘里游了两圈，一边儿游一边儿在心里默默地骂，这个该死的村子，这个该死的村子，这是什么破地方。

妈妈，你真的能容忍姐姐和那个家伙在一起？

你为什么不能容忍呢？

那个家伙是闯入了红圈的人，他还杀死了姐姐的镜像，你干吗不直接问问他呢，他是个自私的人。

谁不是呢，难道你不自私吗？

我一直站在神的一边。

神也是自私的，就像你姐姐和我一样。孩子，你也一样。

妈妈，你会站在我一边吗？

我来到刘姐的房间，阿兰在屋子里罚站呢，刘姐正戴着眼镜看一份清单似的东西，见我进来了，就把眼镜摘下来，指了指土炕说坐。

我看了看阿兰又看了看刘姐，说不用了，我也站着吧。

刘姐说："你现在还想走吗？"

我看了看阿兰，跟刘姐说想走。

"那5分钟后小孙要搭大叔的车回加格达奇，然后从那儿去北京，正好可以一起走。"我点点头说好，刘姐接着说，"你想过没有，你和你女朋友是怎么到榛子村来的？你就这么相信这丫头？"

我看了看阿兰，她像个尖牙利齿的小兽似的看着我笑了笑。

刘姐有些语重心长地说："我是为你好，你不该顺着阿兰的意思掺和进来，我的话你明白吧？"

"大概明白了吧。"我说，"不过，我觉得您用不着为我好，我是怎么一人，我以后会遇上什么麻烦都用不着您操心，您觉得呢？"

"是吗？"刘姐忽然显得神色黯淡。

"那我可以走了？"

“走吧。”刘姐说这话时语气异常干脆。

我转身要走，刘姐叫住我说：“别再和这丫头有牵连，也别再和我们这个村子有牵连，好吗?”

我多少有点儿百感交集地看了看阿兰，她正举着一只手比划成电话冲我示意。我点了点头，回屋收拾东西去了。

这天晚上我和小孙坐着大叔的吉普下山。

你真该看看大叔在山路上开车的样子，藤原豆腐店的藤原拓海在他面前也就是个小巫，毛毛雨，小意思，小儿科。

像人力操作的翻滚过山车一样，这可是漆黑一片的山路啊。过于消瘦的大叔开车时一句话也不说，一边儿吸烟，一边儿用单手像表演杂耍似的在方向盘和手动挡之间来来回回。烟吸完了，顺着窗户扔出去，大概5分钟之后再拿出一根点上，点烟的过程最叹为观止：一手扶着方向盘，一手拿过车窗前的烟盒，眼睛看着前方的路，手里的烟盒抖一抖，抖出一根烟来叼在嘴上，扔掉烟盒换挡，另外一只手飞快地打方向盘拐弯，然后拿过扔在仪表盘前的打火机，一手扶方向盘，另一只手点着火，眼睛不看前方，给自己嘴上的烟点燃，扔掉打火机，换挡，迅速地猛打方向盘，换挡的手把香烟从嘴上拿下来，换挡，然后整个人很享受地向后靠去，舒了口气似的吐出烟雾。所有这些动作加在一起最多只用15秒，简直像变魔术一样。

我和小孙并排坐在后座上，我抱着我的旅行包，小孙则什么行李都没带，只随身带了个小公文包。我们两个都没怎么说话，彼此之间还是有点儿拿着劲儿，后来道路平坦一些了，我问小孙为什么不带行李，毕竟是去北京，路还挺远的。小孙说他旅行不太习惯带行李，“反正也用不着。”他说。

我问他：“牛老师找到冬瓶了吗？”

“你觉得呢？”

“我觉得……找到了？”

小孙哼了一声没理我。

车子路过看门人住的房子时，灯光扫过大黄狗，它冲汽车叫了两声。我想起看门人的嘱托，对小孙说：“你有时间去看门人那儿坐坐吧，他说想见你呢。”

小孙说：“非常抱歉，我需要考虑的事情太多了，一时抽不出时间跟人闲聊。”

我听他这么说，知道他这会儿心情不好，就闭嘴了。一路无话。

过于消瘦的大叔直接把我们送到了加格达奇火车站，小孙向他道谢，过于消瘦的大叔叼着烟站在车边，双眼茫然地嘟囔了一句什么。小孙招呼了我一下，然后就迈着考究的步伐走向火车站大厅，我向过于消瘦的大叔挥挥手，他“嗯”了一声，然后说：“一路上小心。”

我点点头，就跟着小孙进站了。临进去回头看了一眼，过于消瘦的大叔还站在那儿看着我们呢，他冲我挥了一下手。

火车站里人非常多，到处都是拎着大包小包奔来走去的农民工和横躺在椅子上睡觉的农民工，还有不少衣着光鲜一些的旅行者。售票窗口前挤满了人，卖火车票的两个售票员一边儿聊着天一边儿随手卖几张票出去，时不时地吼一句“没有卧铺了”或者“明天才有去沈阳的火车”！

本来有两个售票窗口，但现在只开放了一个，买票的队伍也只排了一条。

小孙穿着过于考究的西服，戴着过于考究的金丝眼镜，虽然火车站里很嘈杂，但小孙那过于考究的皮鞋还是踩着过于考究的足音“咔哒咔哒”地取直线走向售票窗口。小孙与售票窗口之间这条直线上的人全都不由自主地闪开了，我站在人群外面看着小孙，心说好家伙，小孙真够考究的。

他走到没有开放的那个窗口前敲了敲窗户，旁边买票的人都瞧着他，正在跟女售票员聊天的男售票员冲着他说了句什么，就继续和女售票员聊天去了。小孙多少有点儿不耐烦地换了一下站姿，又敲了敲没有开放的售票窗口。这回男售票员也不耐烦了，端着大茶缸冲过来冲小孙吼了句什么，小孙跟那个男售票员进行了简短的对话，然后就走回我身边来，说我们稍等一下。

大约1分钟之后，一个穿着皮鞋、西服裤、衬衫，腰里别着手机的小镇生意人模样的家伙快步向我们走来，远远就伸出手来要跟小孙握手，嘴里说着：“等着急了吧！”小孙很勉为其难似的跟他握了一下手，然后用左手推了一下眼镜说：“快一点儿吧，两个人。”（我发誓他偷偷在裤子上擦右手来着）

小镇生意人模样的人赶紧说没问题，示意我们跟他走！说着还要来抢我的旅行包，好一阵推让才罢休。

我们跟着他在车站大厅里穿行了一会儿，走进一间办公室，左拐右拐地来到站台上，已经有一列火车等在那里。远远望去，对面正有一趟列车要发车，站台上人山人海，唯独我们这边的站台上一个人都没有。连列车员都没有。

生意人模样的家伙把我们让上车，随后跟上。进了列车之后发现整节车厢是个大房间，有点儿像是宾馆的高级标准间，有沙发、有床、有电视、有冰箱，茶几上放着水果和饮用水。小孙脱下西服，熟门熟路地打开墙壁上的衣柜，找了个衣架把衣服挂好。我摘下旅行包，生意人模样的家伙赶紧接过来，帮我放在电视下面的柜子里。我有点儿手足无措地看着他把我的旅行包抢走并放入柜子，他站起来问我还有什么需要的？我赶紧说："没有，没有，谢谢!"

那家伙又问小孙："您看还有什么需要的?"

小孙把皮带的扣子松了一节，坐到沙发上说："啊，没什么了，谢谢。什么时候发车?"

"大约10分钟之后。"生意人模样的人半鞠躬说。

"哦，没什么了，谢谢!"

"那您二位好好休息。"

"嗯。"小孙说。

生意人模样的人一步三回头地走出房间，很小声地关上了门。

我看着小孙，笑着说："好家伙，你们平时都这样吗?"

小孙指了指对面的沙发说："坐。"

我坐到沙发上，左右看了看说："怪不得你用不着行李。"

小孙问我要不要喝水，我说不用了。

"也不是都这样，"小孙说，"其实家族里恐怕也只有我这样，我不太喜欢排队买票什么的，容易出汗。"

我问："什么时候到北京?"

小孙说："大概明天中午吧。"

"哦？不比普通列车快啊，我还以为你们神的火车会来个瞬间移动什么的。"我笑着说。

"哈……铁路嘛，再快能快到哪儿去。坐飞机的话快一些，不过一般没急事我不坐那个，得去附近的军用机场，太招摇了。"

太招摇了……我心说：您还不够招摇啊。

“哎，你喜欢姐姐吧？”小孙忽然问我。

“啊，喜欢吧。”我说，“你怎么想起问这个了？”

“我也喜欢姐姐。所以之前可能对你有些不太礼貌，见谅。”

我点点头表示理解。

小孙说：“你会娶她吗？”

“啊？”我说，“我以后应该不会再见到她了。”

小孙说：“要是又见到了呢？”

我说：“不会。”

小孙说：“那就好——先说清楚，要是你食言的话，我就弄死你。”

我在心里骂了小孙的娘，列车晃动了一下，缓缓移动了起来。

第二天中午，我们所乘坐的列车停在了货运站台。一辆老式的桑塔纳等在货运站台上，司机是个少言寡语的没什么特点的人（实际上从始至终我没听他吐出过一个字，说他是哑巴我也信），戴着白手套站在列车车厢门口，看我背着包走出来，伸手要接，被我谢绝了。

小孙问我要不要让司机送我回家去，我谢绝了，坐地铁很快就能到家。

“你这是去见神吗？”

“是的，姐姐最近做了不少错事，需要补救。”

“我能和你一起去吗？”

“你要干吗？”

“不干吗，纯属好奇。”

“当然不能，你没这个资格。”

小孙和我握手，说以后如果有机会再见面的话，希望我们彼此的身份能是朋友。

我看着老式桑塔纳开走，背上包走出北京站。北京站外的广场上有好多人，都是些平常世界里的平常人，汇入人群之后的我由衷地舒了口气，觉得这趟旅程总算是结束了。

空无一人 —

到家扔下旅行包，环顾四周，再想想这趟意料之外的旅行，觉得很不可思议。归纳一下的话可以这么说：用手摸摸电视机上落着的一层薄灰，觉得非现实生活明明白白地寄居在了现实生活上面，就好像死亡总是寄居在生命上。

我打开窗户，坐在床上抽了一根烟，盯着天花板发呆许久，拨了我前媳妇的手机，忙音响了几声没人接。我挂了电话，烧水洗澡。

家里的酱油没有了，蔬菜水果也都烂了，打开冰箱的时候依稀看到飞出了几只小虫子。重新穿好衣服出门采购，路上去银行交了水电费、电话费。拎着大大小小的“华普超市”塑料袋回来的时候已经是晚上了，给自己做了一顿晚餐（炸酱面）。夜里躺在床上，看了将近一个月没有看过的电视。按斯蒂芬·金老师的话说，现实都挺薄的，家里的每样物件还都像以前一样客观、确实、触手可及，现实真是个很单薄的东西啊。

我拿着手机，犹豫要不要通知我的朋友们本人从东北归来了，手机响了，吓了我一跳，来电显示是我前媳妇打电话回来了。

“嗨。”

“你刚才打电话找我了？”

“你还好吗？”

对面沉默了5秒，她说："你问我好不好是什么意思？"

"就是说，你过得怎么样，什么时候从东北回来的？"

"都还可以，妈妈肯定会因为我偷偷跑出来生气，可是我管不了那么多了，我昨天就到北京了，一直等着你打电话来，你怎么才想起找我？"

"阿兰？"

"干吗？"

"你干吗偷偷跑出来，我们都会倒霉的。"

"你怕了？"

"也不是，你在哪儿？我去找你吧。"

"家里，"阿兰说，"快来吧，我等着你。"

我挂了电话，换了干净衣服下楼。在小区门口拦了辆出租车，跟司机说："积水潭地铁站。"

司机是个头发几近花白的中年男人，稍稍有一点儿胖，从我一上车就开始抱怨现在开出租这行当没法儿干了。

"调价以后根本没人打车了，以前活儿就不多，现在更少，其实呢，三四公里的价钱跟以前一样嘛，跑到30多块钱以后才会贵点儿，可你说现在的人就是转不过这个弯儿来，以为真比以前贵多少似的，都不打车了！油又涨价，扣上一分儿就是200块，真没法儿干了！"

我看着窗外的行人，有一耳朵没一耳朵地听司机唠叨，偶尔应和一下。

"我说哥们儿，"司机从后视镜里看了我一眼说，"你有女朋友了吧？"

"啊，是啊。"我笑了笑说，"这就去找她。"

"姑娘是哪儿人啊？"

哪儿的人？这个……"大概是东北的吧。"我说。

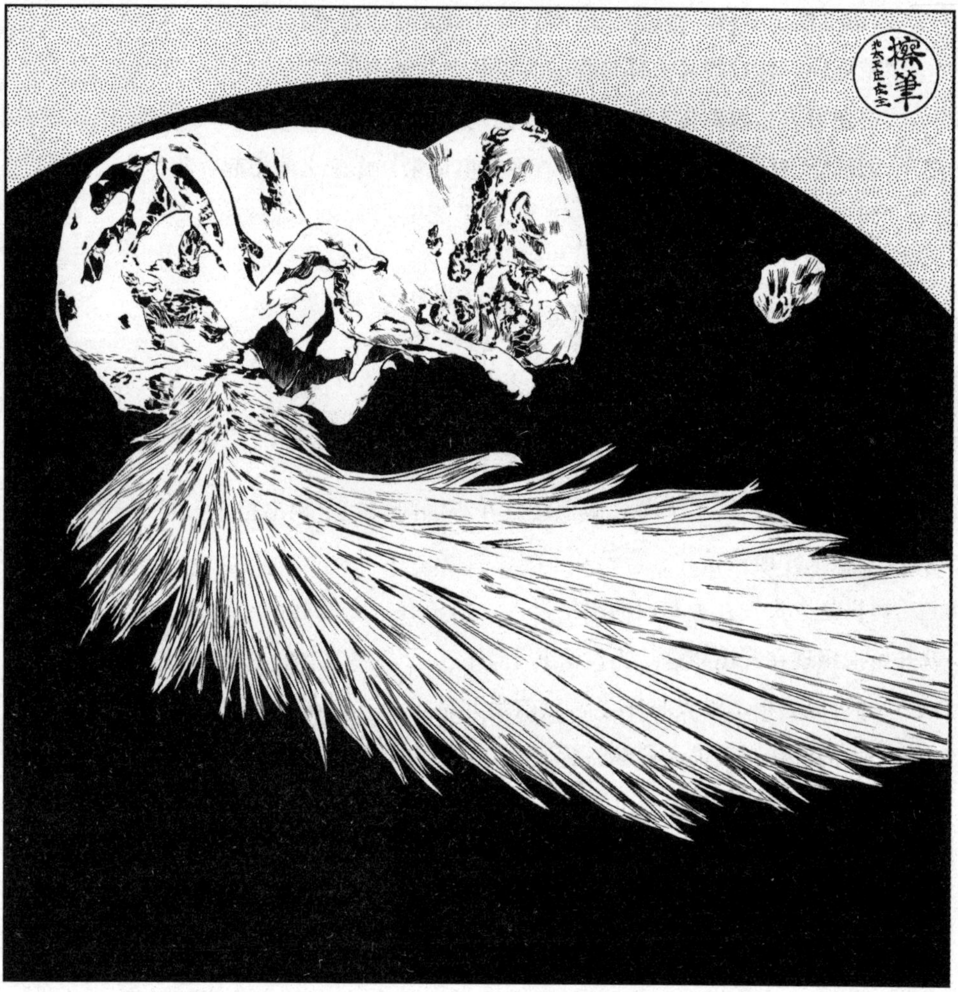
擦筆

“别大概啊！我跟你说，哪儿人一定要搞清楚，就我那丫头，岁数跟你差不多吧，嘿，前两天给我领回一个外地的来……”

然后他说了他的女儿在婚姻大事上如何不让他省心，说了大概有10分钟吧，说到动情之处回过头来看我，车子还在往前开，我赶紧说没什么没什么，您还是看路吧。他不说话了，我也没说话，一路默默地开到了地铁站。我把钱递过去，这司机翻检了一会儿，把找的零钱递过来说：“东西带好。”

我看见他眼圈好像红了，也不知道是累了还是把自己说不高兴了。

下车前我说：“您女儿眼光不会错的。”

“啊……”那司机红着眼眶看了我一眼，说再见。

“再见。”我说。

不知道为什么，地铁站里没什么人，有数的几个等车的乘客零零散散地站在角落里。积水潭站是始发站，本来我应该坐开往西直门方向的车，但是鼓楼大街方向开来了一辆空车，我就上去了。我上车的时候，开往鼓楼大街方向的站台竟然还是没有一个人。我坐上空无一人的地铁，抬头看着对面的车厢广告，想起那个眼圈通红的司机，神真的会护佑每一个人吗？神会不会选择性的放弃他的一些子民，而仅仅保护另外一些呢？什么人拥有了什么样的品性才会得到神的眷顾呢？聪明才智、出身、性格和相貌……还是别的一些什么东西？小导演和老画家他们算是被护佑的人吗？总会有个标准吧，是什么呢？

地铁摇摇晃晃、忽明忽暗地开着，对面车厢广告上的大胸女子举着一瓶减肥药露出甜美的笑容，这个女子会是神乐于眷顾的人吗？

车到鼓楼大街地铁站，还是没有一个乘客。车厢门关上，广播报出站名：前方到站安定门地铁站……然后又用英文报了一遍。

我站起来向左看看，旁边车厢没有一个乘客，向右看看，右面的车厢也没有乘客。我再坐下来，觉得有些蹊跷，大白天的，又不是地铁末班车，怎么一个人都没有？

车到安定门，车门打开，我向站台上看去，安定门地铁站灯火通明，但偏偏也是一个人都没有。车门关上，我盯着自己的鞋看了10秒钟，觉得有点儿害怕。3分钟之后，车到雍和宫地铁站，我向身后的站台看去，还是一个人都没有，别说我这侧没有乘客，另外一侧反方向的站台上也没有等车的乘客。我犹豫了一下，在车门关闭前的一瞬间跳下地铁列车，四顾茫然地看着列车关上门开走。

雍和宫地铁站里十分安静，我向检票处的方向看去，那儿也没有人，与此同时感觉到心脏怦怦地跳动起来，空无一人的城市指的就是这个吗？不管怎么样，至少先出了地铁，到大街上看看吧。

我刚往出站口方向迈了一步，四周的灯“啪”的一声关上了，灯光全灭的地铁站，我想，原来还有比空无一人的城市更可怕的地方。我站在黑暗中，真是彻头彻尾的绝对黑暗啊，除了我的那带荧光的手表指针指向下午3点20分，整个世界都变成绝对黑暗了，暗得连我自身是不是存在这种事儿都说不好了。我试着喊了一声：“喂，有人吗？”绝对黑暗把声音一丝不剩地吸走了，没有地铁站里应有的那种回响，声音向四面八方飞奔而去，没有一丝波动传回来。我拿出手机看看，完全没有信号。借着手机的亮光，我在绝对黑暗中一点点往前挪步，至少先找到墙壁或者楼梯什么的，得小心，掉到列车站台底下去可不是闹着玩儿的。

我在绝对黑暗中小心挪步，一度怀疑自己是不是一直在原地转圈，走了至少5分钟，什么东西都没有碰到，就好像这片绝对黑暗除了地板之外，什么都没有，没有墙壁，没有柱子，没有台阶，没有售报亭，也没有等车时供乘客休息的长椅，什么都没有。好吧，要冷静，这个时候要冷静，如果我一直在黑暗中原地转圈的话，怎么才能保持直线呢?

我把手表放在身前，把6点方向对准肚脐，然后一步一步小心挪步，每一步都让两只脚踩在12点方向的中轴线上，我看着表，如此走了40分钟，还是什么实体都没有碰上。

除了神，还有谁能干出这么形而上的缺德事……

我坐在地上，把身上的东西一样一样掏出来看：手机一部，还有两格电；手表一支；钥匙一串；半盒烟；一次性的打火机一个；还有一点儿随身带着的钱。无所事事之下，那半盒烟很快就抽完了。

中间曾经睡着过，做了一个昏昏噩噩的梦：我和我前媳妇背着旅行包走在一个陌生城市的街头，我们迷路了。在一个偏僻的小巷里，爱喝酒的老爷子走过我们身边，悄悄地对我们说："小心……"我摸一摸裤兜里的钱包，背着旅行包提心吊胆地往巷子里走。小巷里有几个男人蹲在路灯下赌钱，我小心翼翼地从他们身边走过，依稀觉得其中一个好像是过于消瘦的大叔。转过街角的时候被一个女人拉住，我一看，是阿兰，她皮肤上有种富强粉似的浅浅的粗糙，她说："要搞我吗?"

我左右看看，找不见我前媳妇了，就点头说好。阿兰拉着我走到二楼她的房间，让我去洗澡。我一边儿洗澡，一边儿光着身子在浴室里拿倒立，忽然刘姐推门进来了，我很尴尬，一着急就醒了。醒来发现自己在一个宾馆的标间里，时间是早晨7点，旁边的床有人睡过了。

发现刚才是做梦，我很欣慰。然后又想到，我是怎么到了这里的呢?其实是还没睡醒，在床上迷迷糊糊躺着，刘航和榛子村的孩子们从门口跑进来，大家挤到我床边争先恐后地让我抱，挤不进怀里的就在旁边看着。其中有淘气的，咬住了我不放，我劝他松嘴，未遂，反而越咬越来劲，而且孩子们陆续都开始咬我。我一着急，吓醒了。

原来又是个梦……看一眼手机，晚上10点钟。我惊讶地发现有个半裸的女人正在旁边躺着，也分辨不出究竟是阿兰还是我前媳妇。房间外面有人在弹钢琴，非常抒情的一支曲子，弹得也好，简直是在现实生活中从未领略过的天籁之音。

知道刚才是个梦，我很欣慰。

我悄悄爬起来走到窗户旁边，想打开窗户，仔细听那优美得让我昏眩的琴声。在纱窗上看到了一只极其巨大的甲虫，模样像螃蟹，大小类似人头。为了不吵醒正在睡觉的阿兰（或者我前媳妇），我控制住了自己没有叫出来，拿了根棒子打算把该甲虫弄到房间外面去，结果，这怪物落在了我的脑袋上，爪子插进肉里，我又不敢使劲把它往下拽，任其在我脖子上脑袋上爬了一会儿，正犹豫着要不要叫那熟睡中的女人帮忙，梦又醒了。

这回我睁开眼睛仔细确认了一下，黑漆漆的一片，按亮手机看一看，才明白自己这回才是真的醒了。时间已经是第二天的上午10点。手机快没电了。

这一天下午手机电池用光自动关机，连表针上的荧光也已经被绝对黑暗吸走了，从此以后我就没有了时间概念，能够提供时间判断的是口渴的程度。

先是喉咙沙沙的渴，然后是感冒后那种干涩的渴，然后是口腔黏稠的那种渴，然后是喉咙变成空洞无物的那种渴，然后就是不觉得渴，那么，时间过去了多久呢？

雍和宫地铁站，我在心里想，这个时候外面是白天还是黑夜呢？如果是白天的话，大街上或许正阳光灿烂，雍和宫里的香火的味道，大概还会一直蔓延到二环路上来。要是晚上的话，糖果和金鼎轩门口肯定还是车水马龙的，姑娘们一年四季都穿着小短裙在那一带的路边上抽烟。以前有一阵子，糖果刚开业的时候，我和一帮朋友总是去糖果二楼喝酒，那时候也不知道为什么我们喜欢上了在灯光昏暗的地方喝酒，一杯接一杯的，听着小 high 曲，聊些人生于世的重大问题和身边朋友的八卦，啊，喝酒……以后要是还会去的话，我就喝可乐或者矿泉水，一直点软饮料喝，喝到把一辈子的水都喝完为止。

小孙打开门的时候，光线强得我半天没能睁开眼睛，我只是听声音才知道是他，他说："这几天闷坏了吧？"

门关上，小孙和我面对面坐在黑暗里，我能听见小孙缓慢的呼吸。

我口干舌燥身体乏力，像马路中间被汽车撵成肉饼，又被骄阳晒成肉干的死老鼠。小孙也不说话，他像个石头人似的动也不动坐在我对面，大概是想多花点儿时间，仔细领略一下玩弄我这个瓮中之鳖的乐趣。黑暗中的沉默像沙子一样沉甸甸的。

我问小孙："阿兰呢？"

小孙说："在爸爸那里，姐姐情绪不太好，爸爸在陪伴她。我们告诉她你肯定是开溜了，她不信，到处找你——其实她早晚得信，不信又能怎么样呢？难道质疑神吗。"

我心里不太好受。这感觉让我想起小时候常常做的一个梦：我和一个朋友一起去个什么地方玩儿，中间要爬过一段很狭窄的通道。我那朋友轻轻松松就爬过去了，我紧随其后，却被卡在了通道拐弯处。我怎么挪动身体、拼命挣扎都不行，完全动不了，我那个朋友根本没听到我的呼救，早就不知道爬到哪儿去了，我像疯了似的使劲，身上的肉疼得早就不像是自己的了，甚至觉得骨头都已经被自己挤碎了，但不行，完全被卡住了，完全动弹不得。

后来小孙叹了口气，说他这次来是想给我一次活命的机会，只要我恳求他的原谅，他就让我和神签订条约，成为被神驱逐的人。从此以后我所经历的所有现实生活之外的遭遇都会被抹去。

“只要你恳请我的原谅。”

小孙拧亮了一盏煤油灯。

我说：“你干吗要放我一条生路?”

小孙说：“我希望姐姐知道你为了活命放弃了她，另外，我觉得我们有些地方毕竟有些相像，不忍心就看你这么被神驱逐。”

我说：“我们有相像的地方吗?”

“有啊，我们都是愿意做梦的人，到红圈来做个梦。在梦里活上一辈子，然后醒来，死去，再出生，等着下一次梦境的到来，”小孙说，“每个榛子村的孩子，在现实世界都有个镜像，有的是现在的人，有的是早已死去几百年、上千年的人，唯独我，都已经20多岁了，还不知道自己的镜像是谁，妈妈和许多亲戚也一直在发愁，说小孙这孩子竟然连自己的镜像是谁都搞不清楚，以后可怎么办啊。”

说完小孙自嘲地笑了笑。

“唉，你们榛子村的事，我是完全没有发言权。怎么想起和我说这个了?”

“姐姐说，你可能就是我的镜像。”小孙看着我，用手推了一下眼镜。

“我?”我说，“这怎么可能呢，咱俩什么地方像啊，你看你这么考究的一个人，我却像个丧家犬一样……”

“姐姐的说法让我也很吃惊，实话说，原先我一直以为自己的镜像会是个大人物，剑桥三一学院或者哈佛理工学院毕业，能够决定世界命运的那种，甚至牛老师那样的我都可以接受——我只是说说我的实际感受，希望你别介意。”

“当然，当然，我想阿兰肯定是搞错了，我只不过是个再普通不过的人罢了，你别想太多吧，不会一样的……”

“之前我带过不少人来这儿，包括牛老师，我还挺喜欢这个人的，”小孙说，“可惜他一到红圈就撞上了他一个长辈，把他骂了一顿。说他既然被贪欲迷了眼睛，就该认这个栽，后悔药世上没的吃什么的。也真够奇怪的，牛老师那个人平时不怒自威的，见着那个干瘪老头子却跟老鼠见了猫似的，听说是他家老爷子？”

“是他家邻居老爷子，带他长大的。”

“早知道是这样，就不该带他去什么红圈，我本来以为他会是我的镜像呢……其实我一直想有个机会找你单独聊聊——聊天本身改变不了什么，不过我想我除了来找你聊天，短时间内我也没心思干别的事。来的路上我一直想这事儿来着，我也觉得不太可能，但如果万一真的是这样，万一你真的是我的镜像，那我们究竟什么地方相像呢？”

小孙没再说话，我能感觉出他有些黯淡，也就不再说什么。

沉默了一会儿，小孙忽然说：“现在你女友失踪了，你后悔来红圈了？”

“啊……”我说，“没听你的劝。”

“妈妈是个心地仁慈的人。”小孙酝酿了一会儿，然后说，“你可能还不知道吧，神惩罚来到红圈的外乡人有许多方式……”

我打断小孙说：“跟你说，我不太相信你们说的关于神的那一套。”

小孙停了一下，继续说：“其中最常用的一种就是发掘来访者的恶……”

“什么意思？”

“大概是七八年前吧，也有两个外乡人找到了红圈。”小孙拿手在眼前的地上画着什么，他说，“神让他们见到了大批的财宝，多到一次根本拿不走。两个外乡人都很高兴，各自扔下了一些行李，装了部分财宝准备第二天回去。可是当天夜里外乡人 A 就把外乡人 B 掐死了，大概是想独吞财宝吧，完全是被心中的恶冲昏头了，那个外乡人 A 是个半点野外经验都没有的人，连军用地图都不会看，后来在山里迷路了，轻轻巧巧地背着一书包财宝死掉了。死的时候当然也会很后悔，就像你现在这样，你知道，对于神来说，把来到自己领地的外乡人隐秘的心思稍微拨动一下，简直像吹掉落在手背上的蚜虫那么容易。”

我看着小孙一字一句地说出这些话。我说：“证据呢？”

“没有证据，信不信由你。我只不过试图告诉你，如果她真的人间蒸发了，也是你的愿望所至。”

我们都沉默着没说话。我感到眼眶一阵发热，我说：“可我对财宝没兴趣，我们也没见到什么财宝，我见到的红圈什么都没有。”

“来的路上我也想了这个问题，我猜测，或许世界的尽头就是你的财宝，如果我猜测的不对，你可以反驳我。”

我摇摇头说：“那我的恶也不可能针对她啊……”

小孙再次推了推眼镜，他说：“你们之间的事我不清楚，或许你针对的确实不是她，或许你针对的仅仅是和你一起来到红圈的人。你们来到红圈之前有过什么约定吗？”

我定定地看着小孙没说话。

小孙站起来说他该走了，他说他也不确定那天晚上在红圈究竟发生了什么事，但是有一点是可以肯定的——神只使用了艺术的夸张，他自己什么都没做。

我坐在地上，我说："小孙，我一直觉得你是个不错的人，你干吗跟我说这些。"

"你觉得我是个不错的人？"小孙颇为愉快地笑了笑，他说，"别骗你自己了。你其实像我一样讨厌所有的人吧？除了你自己以外，你真心实意地相信过谁？别说我们村子里的人了，就连你女友在内，这世界上你曾经相信过谁吗？"

小孙说："来的路上我一直在想为什么姐姐说你有可能是我的镜像，实际上如果仅仅是姐姐这么说也就算了，后来趁家里没人的时候我还试探着问了妈妈，她说她见到你的时候也有这种感觉，只是不知道相像的地方究竟在哪里……"

"我一点儿都不想听。"

"虚伪，"小孙站起来，他说，"虚伪，深入骨髓的虚伪，虚伪到以为自己是一个真诚、善良的人，这就是你我相像的地方。当然了，我也很不希望这是真的，我希望自己的镜像是一个足以改变世界的人，一个配得上我的了不起的人物。不是你。再见。"

小孙"啪"的一声拧灭了煤油炉，瞬间世界一片黑暗，不是一般的黑，是将全世界的光统统吸走的那种绝对黑暗。

"是的，我确实是个彻头彻尾的魔鬼，但你自己呢，你难道不是魔鬼吗？相形之下你没有那么坏，可我身上具备的这些恶劣，你身上难道没有吗？恰恰因为你显得没有那么坏，你在实际上是个更坏的家伙：你是个靠不住的、软弱的、卑鄙的、懦弱的、贪婪的人。"沉默有顷，小孙说，“神的女儿是不会跑到这里来见你的，姐姐她爱我……”

我听准小孙的位置扑了上去，运气不错，我抓住了他胸口的衣服。挥起一拳打在他脸上，光凭声音是找不到要害的，这一拳虽然劲头够了，准确度怕是差了一点儿。可以肯定，我的拳头已经破了，如果打中要害的话差不多可以把对方揍得失去反击能力。当我第二拳挥下去的时候，拳头砸在了地上，与此同时胃部狠狠挨了一膝盖，力道不是很大，但是准确度很高，足够让人失去还手能力了。

小孙推开我，他一边平息着气息一边说：“你不但是个虚伪的人，你还是个愚蠢的人。你让姐姐的镜像伤心，你也会让姐姐伤心，这都是由于你的愚蠢所致，你消失了，你知道吗？从今天开始你将成为一个彻头彻尾消失的人，你将一直在这黑暗里默默地走，直到死，就像你前女友一样！没有人会再见到你、想起你，更不要提有人会爱你。虚伪、自私这些东西合理运用，就会成为武器，懂吗？看看你周围那些成功了的人，看看他们都是怎么生活的，不合理运用神赐予的特性，何以成为神的子民呢？白痴！”

小孙在距离我至少 500 米开外的地方打开了门，强光晃得我睁不开眼睛。

他远远地对我说：“我和姐姐之间的很多事情你都不知道，姐姐会爱上你？可笑的家伙。”

然后他关上了门，绝对黑暗袭来。我从地板上爬起来，一阵龙卷风似的虚空俘获了我，肚子一直在抽搐。真是彻头彻尾的黑暗啊，除了我的那带荧光的手表指针指向下午 3 点 20 分，整个世界都变成绝对黑暗了，暗得连我自身是不是存在这种事儿都说不好了。我试着喊了一声：“喂，有人吗？”绝对黑暗把声音一丝不剩地吸走了，声音向四面八方飞奔而去，没有一丝波动传回来。我拿出手机看看，完全没有信号。借着手机的亮光，我在绝对黑暗中一点点往前挪步，至少先找到墙壁或者楼梯什么的，得小心，掉到列车站台底下去可不是闹着玩儿的。

我在绝对黑暗中小心挪步，一度怀疑自己是不是一直在原地转圈，走了至少5分钟，什么东西都没有碰到，就好像这片绝对黑暗除了地板之外，什么都没有，没有墙壁，没有柱子，没有台阶，没有售报亭，也没有等车时供乘客休息的长椅，什么都没有。好吧，要冷静，这个时候要冷静，如果我一直在黑暗中原地转圈的话，怎么才能保持直线呢？

我把手表放在身前，把6点方向对准肚脐，然后一步一步小心挪步，每一步都让两只脚踩在12点方向的中轴线上，我看着表，如此走了40分钟，还是什么实体都没有碰上。

我一直走，不知道时间过去了多久，连表针上的荧光也越来越模糊，好像被绝对黑暗吸走了似的。从此以后我就没有了时间概念，能够提供时间判断的是口渴的程度。

先是喉咙沙沙的渴，然后是感冒后那种干涩的渴，然后是口腔黏稠的那种渴，然后是喉咙变成空洞无物的那种渴，然后就是不觉得渴，那么，时间过去了多久呢？我一边走一边想，我走了那么远的路来到红圈，不能就此停下，无论前面有什么或者没什么，无论我最终将见到什么，他、她或它都是我必须接受的，就像生活曾经给我的五味杂陈我必须接受一样，红圈给我的我也该全盘收下。生活不可能总是甜蜜的，生活也不可能只有苦楚。

这感觉让我想起小时候常常做的一个梦：我和一个朋友一起去个什么地方玩儿，中间要爬过一段很狭窄的通道。我那朋友轻轻松松就爬过去了，我紧随其后，却被卡在了通道拐弯处。我怎么挪动身体、拼命挣扎都不行，完全动不了，我那个朋友根本没听到我的呼救，早就不知道爬到哪儿去了，我像疯了似的使劲，身上的肉疼得早就不像是自己的了，甚至觉得骨头都已经被自己挤碎了，但不行，完全被卡住了，完全动弹不得。

就好像我们又回到了刚刚相遇的时候。那时候空气温暖，大院儿里的男人女人骑着自行车下班回家来了，戴红箍的老太太拎着小板凳和蒲扇去幼儿园接孙子回家，所有人都显得比平常高兴，小猫小狗仰面躺在角落里睡觉。我和我前媳妇从楼道里出来找东西吃，夕阳让我们有点儿睁不开眼睛。我们坐在还没准备开工的小饭馆里等着炒饼端上来，互相看着笑，我愿意付出许多东西回到那个时候，如果时光可以重塑，如果爱因斯坦是对的，如果唐三藏所追求的那个美的世界真的存在，我愿意付出我能够付出的许多东西回到那一刻，比如我的眼睛，我的健康，我在这个世界上的阳寿，我能够拿出来和上帝交换的一切，是的，如果这个梦真的醒来，我会有许多遗憾，许许多多的遗憾，我是不是在当时有些什么能够做，但是没有做的事情，如果我做了，你是不是就不会消失。如果我做了，你和我的人生轨迹是不是会与现在不同，如果我还能够做什么而我没有做，我希望我永不要认识到，那只会让我的遗憾和懊恼更多，只会徒增烦恼。你也会有某时某刻在睡梦中流泪吗，梦见和我所梦见的一样的夕阳，看见桌上的酱油瓶子和素炒饼，说我们以后不该再像小孩子一样吵架和抱怨了。

先是一些微弱的光点和声音，然后声音越聚越多，最终形成砖头大小的令人心烦的一块固状物，那东西均匀地压在神志之上，渐渐地积累渐渐地清晰，终于有那么一刻，它爆炸开来，意识从水底升起，冒出水面的一瞬间，人就惊醒了。

我忘记了自己是什么时候睡着的，沙发旁边堆着一些衣物，再过去一点儿坐着一个女孩儿。她手里拿着一瓶青岛啤酒放在嘴边，但是没有喝，就好像那个小酒瓶子是一件需要放在唇边吹奏的乐器。她的眼睛望向前方，不知道在看什么，事实上可能什么也没有看，我本来想躲开她的目光但是没成功，她注意到我，说你醒了？我定定地看了她一会儿，觉得当众睡着令人惭愧，而她好像一直在旁边等着我醒来似的。

“你睡得真香，就好像一辈子没睡过觉似的，我就羡慕你这种到哪里都睡得着的人，失眠虽然有助于减肥，不过时间长了会让人显得没精打采的。年轻姑娘应该随时精力充沛才对，黑眼圈什么的无所谓有了就有了，大不了可以画黑眼线或者烟熏妆遮盖过去，不过要是对吃饭喝酒出来玩儿之类的事情提不起兴趣就不好了。你刚才睡觉的时候流口水了。”

我赶紧低头看衣服前襟并擦嘴。

“你别介意，我替你擦了。”

我尴尬地道了谢，觉得羞愧像辣椒一样罩在脸上。远处的舞台上有人在演出，很多人在抽烟，对着墙上的画作品头论足，老画家带着她年轻漂亮的女助手享受着众人的奉承。我想起来了，这是那位自赏派女皇的画展 party，她助手邀请了我一个朋友的乐队来助兴，我是跟着乐队来玩儿的，竟然睡着了。

“你是做什么的？”她问我。

我说：“写乐评，也写一些小说。其实我也不能算是写小说的，我写

擦筆

得太慢而且喜欢的人也不多，你呢？怎么称呼？”

“我？”她好像很吃惊我这么问似的，她说，“你不知道我是谁？”

我笑了，觉得她非常有趣，我说你提示我一下，我肯定能想起来，你经常上电视？你是演员？

“不不，别开玩笑了，我才不会上什么电视，电影也一样，那都是逾越神权的东西，我最讨厌那些自以为是的家伙，他们总是以为自己可以创造点儿什么出来，其实什么都创造不出来，音乐还好，但写小说不行，除非你写得很糟糕，写得好的那些人都太自以为是，以为自己可以借此跟神对话——我这么说你别介意，不过干你们这种工作的人多少都有点儿自大，以为自己掌握了什么别人没有掌握的秘密，其实这个世界哪里有什么秘密可言，除了我和我家里人之外，大家不都是草芥？还有那些僧侣什么的，我每次见到那些人就绕着走。”

“我虽然一直希望能写得好一些，不过实际上可能挺糟糕的。”

“那就好，刚才你睡觉的时候说梦话喊我的名字来着，我以为我们在哪里见过或者认识，我叫阿兰，你有印象吗？”

我仔细回忆了一下，摇头。失望非常明显地浮现在她的嘴角上，但随即又被笑容代替，她说：“那没关系，重新认识一下吧，我叫阿兰。”

我左右找了找，在沙发左侧的地上找到了我那杯睡前喝了一半的酒，碰杯，说很高兴认识她。“可能你听错了，没准儿我说梦话喊的是别的，你好阿兰——说起来挺奇怪的，我觉得我好像走了很远的路才见到你似的……那，你是做什么的？”

“不，我什么都不做，我是神的女儿。平时就是呆着，等着长大。”

“我以前小的时候也觉得自己跟神有点儿什么关系，我记得有一次放学骑自行车回家，在路上看到一个穿着绿色军大衣的大叔，就是随便在大街上都能见到的那种，没多久我又见到了他一次。你明白我的意思吗？我觉得这世界可能是神制造的一个程序，或者说，是个类似电子游戏的东西，我能在很短的时间内连续见到他两次是因为这个程序出了bug，就是程序上的小错误那种东西。后来长大了一些，接触的人多了，觉得其实其他人也都是活生生的，像那个大叔那样被随意安置的NPC可能是极少数，就是说这个游戏里大部分都是玩家，程序设计出来的人物很少——比如说国家领导人可能就是NPC，一方面他们能决定很多玩家剧情的进展，另外也没人真的见过他们。当然我觉得也不一定，之所以会有这些错觉可能只是因为我是独生子女，你知道独生子女都有点儿神经病。”

“不，你说的也不是完全错，程序……我没想过世界这东西可以被形容为程序，不过你说的那个穿军大衣的大叔可能确实是个失误，之前这类失误比现在多，现在都是小孙在管这些东西，那小子精明得很，人又严谨，他接手之后麻烦少多了。不过我总觉得他设计的这个世界没有之前的好，对很多人太苛刻，对有些人又太宽松，怎么讲呢，小孙那孩子基本算是个右翼分子，相信以前贵族院那一套，就是人人生来不平等什么的。”

“你说的小孙是谁?”

“我弟弟，是的，亲弟弟，你别那么吃惊，神的家族是不可能遵守什么计划生育政策的，要真那样还不乱套了。不过话说回来，小孙那孩子挺可怜的，总也不能容忍自己犯错，我觉得他活得太累了，我跟爸爸妈妈说了，最好让他休息一段时间，你听说过那句话吗——‘不患寡患不均’？照小孙这么搞下去就没有人真的发自内心的高兴了，我过些天打算要自己接手了。”

“那就会很忙了。”

“是啊，会忙很多，不过，生活第一嘛，是吧！该玩儿还是要玩儿的。”

“你是哪里人？”

“北面，很靠北。东北有个地方叫加格达奇，我老家就在那旁边一个叫榛子村的地方，那边儿现在应该已经大雪封山了，那边儿的冬天很长。”

“其实，要是能什么都不做也挺好，可以有条件环球旅行啊、闷在家里看一辈子书啊之类的，而且从小不会有什么太多压力，又不用为了高考之类的事儿发愁，又不用背马政经，我猜童年过得舒心些的话至少起点能比我们这些老百姓高吧？”

“起点高……你要这么说当然也对。不过童年这东西，没有人会完全舒心，在大部分时候被保护得很好当然没错，可谁能顺顺利利长大呢，该遇上的事情早晚会一件接着一件遇上，要是以前被保护得太好，遇上事儿了可能受的打击更大，我觉得小孙就是青春期没发育好，要不也不会对老百姓那么苛刻，一边儿喊着全球化、大国复兴什么的一边儿还搞网络监管之类的。别说小孙了，就是我自己，有时候我也觉得是不是有什么地方不对劲，你明白我的意思吧，如果这世界上真有个所谓健全人格这种标准样板，我觉得我恐怕也就是将将及格。真的，我可没觉得血统高贵有什么好的，糟心的事儿倒是不少。”

“糟心的事儿？像我这种平头老百姓家的孩子有点儿理解不了……”

“这有什么理解不了的……尼泊尔那边，不是还有过一位王子拿机枪扫射了所有王族成员吗？人人都有自己的麻烦，只是麻烦的形态不一样罢了，平头百姓是这样，王公贵族也是这样，神的家族也一样，都一样。”

“你说的这个神的家族到底是什么意思，类似于‘看不见的贵族’那种？就是说有些家族太高端了，暗中控制着这个世界的一切但是从不显山露水，不从政不经商也没人当电影明星，但是过年过节的时候美国总统也得像三孙子似的去请安？”

“神的家族就是神的家族嘛，全球政治那一套跟我家是两个体系，宗教也跟我家没关系，简单地说我家的人负责制造规则，然后其他人负责在这个规则里吃喝拉撒睡。”

“外星人和 UFO 跟你家有关系吗？”

“有，那是以前我妈妈还年轻时搞的恶作剧。”

“臭氧层破洞和气候变暖呢？”

“那个有，不过没你们想的那么严重，只是最近这些年环境污染加速太快，调整一下规则以示警示，只是一些微调，你们能自己处理好的。”

“你说话真有意思，有什么家喻户晓的神迹吗？”

“家喻户晓还叫什么神迹，等等，我想起一个来，不过知道这事的人不是很多。”

于是，阿兰讲了她的一个远房亲戚，那远房亲戚是个极北之地的诗人。

“那诗人的妻子非常漂亮，那个极北之地的国王看上她了，可是怎么追求都没用，诗人和妻子跑到乡下去躲，那国王就跟到乡下去，在乡下的贵族社交场合遇上了，人家国王要跟你说话，你也得陪着是吧，就是那么个情况。”

“比榛子村还往北的地方吗？”

“是啊，还往北的地方。那国王追了三年也没得手，诗人是个举国闻名的天才，国王也不好做得太过。后来那国王听说都城里有个上尉非常厉害，鸡鸡非常大，人长得又帅，几乎睡遍了所有姿色高雅的贵妇，就把那上尉找来，偷偷跟他说：‘喂，你去把那诗人的老婆睡了，我就不信她是忠贞不屈它本人!’然后那个英俊的上尉就去禀旨泡妞，他又不是什么国王，泡起别人的老婆来就比较露骨一点，把诗人惹急了，要跟他决斗。”

“决斗？难道是沙皇时期的事?”

“你先听人家讲完嘛!”阿兰兴致勃勃地说，“退后20步，拿手枪互射的那种决斗，那诗人一个半路出家的，哪里干得过职业军人，就挂了。这一挂不要紧，那个国家的人民群众不干了，跑到国王那里要求严惩杀死伟大诗人的上尉。那国王也没想到事情会闹到这个地步，只好把那个上尉收到皇宫里，当禁卫军教头保护起来，大门不出二门不迈的……”

“喂喂，”我打断阿兰说，“难道你那个远房亲戚叫普希金……”

“靠，我都忘了，你是写小说的，你肯定知道普希金嘛!”

“我说你别胡说行不行，调戏普希金娜的那个上尉怎么和沙皇扯上关系了?!”

“跟我家亲戚有关的八卦能让你们这帮凡夫俗子一个个都知道吗?当时的神知道这个事情生气了，他很宠爱那个叫普希金的家伙，连神都没想到那小子就这么不明不白地挂了，很失望，很生气。人死不能复生，但是对杀死天之骄子的家伙还是要惩罚一下的。”

“神也这么小家子气吗?”

“哎呀，各个时期的神爱好不同嘛，正好那时候的神喜欢文学。”阿兰说，“惩罚那个上尉的方式也挺怪的，神想办法帮助了那个上尉，让他变得更有魅力、鸡鸡变得更大，最后你猜怎么着?”

“怎么着?”

"那个上尉把沙皇的老婆和三个女儿全睡了一遍，睡到最小的一个女儿的时候终于被沙皇发现了，把他宰了，鸡鸡割下来放在皇宫的博物馆里展览，说是要让世人看看睡沙皇媳妇和女儿的下场！"她忽然大笑起来。然后，又忽然她不说话了，眼睛盯着前方一动不动，我顺着她的视线看过去，她在盯着墙上挂着的一台电视。阿兰说："你看那个，是牛老师！"

电视里在播放一个新闻调查类栏目，说著名古董收藏家牛老师最近在他的博物馆展示了四组一套瓷瓶，牛老师对外公开表示，这个就是文玩界失传多年的柴窑精品。节目先播放了一段牛老师的采访，牛老师在采访里介绍了柴窑的渊源和历史地位，以及他这春夏秋冬四件套瓷瓶为什么确属柴窑无疑，牛老师还说，以后他的博物馆对外免费开放了，谁想来看柴窑真品都行，都来都欢迎。然后该节目又采访了几位古董界的权威，所有人都表示牛老师的说法没有依据，"他作为文物鉴定专家这次算是晚节不保了。""动机十分可疑。""用这么下三滥的手段炒作他的博物馆，牛老师疯了。"说什么的都有。主持人最后出来做总结发言，说要净化文玩界空气，杜绝恶意炒作等等。

"啊，真好，牛老师找到冬瓶了！"阿兰兴奋地拍着手。

"可是，专家都说那瓶子是假的啊？"我说。

"管他们怎么说呢，牛老师觉得他找到的是柴窑那就是，别人说什么不重要了！来，再上一轮酒，我们为牛老师庆贺一下！嗨，那个谁！"她冲远处一个光头的小伙子喊话，那人正在跟几个更漂亮的小伙子靠在吧台旁边聊天，阿兰说："你！去给我们搞一轮酒来，要最贵的那种！"

光头小伙子咧开嘴笑了，转身找吧员要酒。

阿兰贴到我耳边说："你认识那小子吗？他拍过几个不错的小电影

了，不过我也就是听别人说不错，我自己不爱看电影。你不知道他？他还挺出名的，只睡男演员的那个Gay导演？”

我笑着说真不知道，我平时电影看的也少。

她和一般的人不一样，好像是飞翔在芸芸众生头顶上的女超人，她那么年轻、那么光艳照人，我需要仰视她。我多么希望能够与她多在一起一些时间，让她的光芒像篝火一样映照在我脸上，可夜晚总会结束的。我们从party走出来的时候，天已经微微有些发白了，空气里的味道就好像她给人的感觉，清洁得像是无色无味的矿泉水和柠檬。那天我们都醉了，小导演醉得最厉害。

我陪着阿兰走到街边，她临上出租车前忽然问我，你是写小说的，那你对《西游记》熟悉吗？我不明白她什么意思，她说她刚才忽然想到，如果这世界上真的存在一个完美人格的标杆，会不会就是像唐三藏那样的人？“你知道他一个人大老远的冒着生命危险跑到印度那种脏兮兮的地方，我不知道他到底去找什么去了，你知道吗？他去找什么到底？经书那种东西明明是人类自己写的，他不用跑那么远在自己家里坐一辈子其实也写得出来嘛。真实的他真的像小说里写的那样？”

我说我得回去查查资料，下次再见面，我或许能告诉你些研究成果。

阿兰给我留了她的电话号码，上车走人了。

我目送她坐的出租车走远，然后闻着清晨柠檬味的空气往家走，街面上静得很，有早起的环卫工人扛着大扫帚过马路，看上去就像是扛着一个旗帜或者火箭筒之类的武器。喜鹊和乌鸦在杨树间晃动，试探似的轻轻地叫。

我小时候总是幻想，要是一早起来，发现整个城市里一个人都没有了会是什么样呢？所有人都消失了，被外星人掳走了，或者由于这世界上没干过坏事的就剩下我一个了（欺负小朋友、偷小朋友的东西、往女同学后脖梗子里扔毛毛虫），所以神把其他人都人间蒸发了，那肯定特别有意思。比如你有一天出家门，小区里一个人也没有，没有摇着蒲扇闲聊天的老太太，也没有去上班的叔叔阿姨，大院里的幼儿园也没有小朋友玩儿攀登架了。大街上的汽车全部瘫在马路中间，只有信号灯和广告牌还在变换颜色，小鸟还在叫，小狗拖着绳链自己跑来跑去，看到我就很亲热地叫一声然后再自己跑开。我们可以走到空无一人的超市里去找吃的找喝的，玩具我就不拿了，外面那些真车真飞机比超市里的模型好玩儿多了。

到大街上找一辆看着好看的车开，不会开可以现学，反正开不好也不会堵塞交通，一直开到有直升机的机场去，翻栅栏进去，找一架直升机开，开到大海上去，开不好就坠机，反正在空无一人的世界里早晚也要死的。直到后来遇到第一个女孩子，与她的朝夕相处让我明白这世界上一定还有其他人活着，空无一人的城市并不会变得更有趣。而这天晚上遇到阿兰，她的闪亮让我想起来一件事——除了别人也活着并且活得像你一样之外，还有些更明亮的东西值得被遇到。我打算回家闷头大睡一觉，然后去图书馆仔细查查关于唐三藏的事，我希望能再见到阿兰，我有一些话想告诉她。

我走了很远的路才见到了你，在见到你之前我并不知道我为什么要走这么多的路。

就像是独自一人走在充满柠檬味儿的清晨里，整个世界都在熟睡，只有我这个游荡的魂魄醒着。你混合着一点点微弱的光芒出现在远方，我慢慢走近你，对你诉说我的感激。你的出现恰到好处，完美得就像与现实生活无关似的——所有与现实生活无关的东西都精致得像个上帝显露的奇迹。我就有这么爱你。

祁又一

2006 年 8 月至 2012 年 9 月

后　记

把我 24 岁那年写给你的情书贴出来算无耻吗？希望你别这么想。

我这几天在桂林龙脊，非常美的一个地方，最后再改写一次《探宝记》，第七次了。昨天晚上改写完毕，和一起来的哥们儿喝了一整瓶桂林三花，记得六年前在北戴河写完第一稿时，和赖皮也喝了不少。时间过去那么久了，再过几个月这本书就出版，我觉得挺暖。今天早晨起来，本来想再看一遍昨天的劳动成果，莫名其妙地就打开了六年前写给你的情书，我被自己当年感动了，我都忘了当年的自己是那个样子，重新想起来觉得很好，希望你也是。

听说你现在婚姻幸福，我也是，祝我们以后都好，我不想在现实生活中再见到你，就通过这个方式隔空喊话吧，要幸福哦！亲！我到现在都认为你男人是个大傻逼，你当年更傻逼，当然我比你们都傻逼，我是指 2007 年那会儿，那段时间我确实状态不好，换成我是你也会躲开这人，但我觉得你当时的选择是错的。不说了，我太太特别好，这几天我的书在网上预售，大半都是她朋友买的。未来一段时间我可能先不写小说了，你做点儿自己喜欢的事吧，当那傻逼的经纪人没前途。

此致敬礼

祁

2012年9年28日

给你：

我有好多话要跟你说啊，好多啊，今天按说应该工作的，可是我的工作就是写字，要是写字的话，我现在只想写给你。让你写封信给我，其实是因为我想写封信给你，我想送给你点儿什么，都说文如其人，那么我就写给你吧，把我自己送给你吧。有许多话面对面的时候是说不出来的。

从我进入青春期到现在的十几年间，从我18岁吻过了第一个姑娘到现在，我一直相信男人和女人在一起的时候，如果真的相爱的话，就勇敢一点儿吧，如果你或者我之间需要有一个人受伤害，被玩弄，对方得到了许诺之后惨遭抛弃，那就让那个人成为我吧，我爱你，我不想让你受委屈。我知道我爱你这个话是我所能够跟你说的汉语当中最不该说的一个，但是我得说，得告诉你我爱你。你知道，一开始我就是想戏个漂亮姑娘看看，你知道我从什么时候开始对你真的有好感的吗？我们第一次去糖果玩儿的时候，你说自己总是在感情生活里犯傻，总是过快的掏心窝子（原话我忘了，大意如此吧）。我也是啊你知道吗，而且我只爱这样的女人，从不犯傻的人都是傻逼，真的，我真的是这么想的，那些从不犯傻的人太自私了，这个世界难道还不够冷漠和事不关己吗？这个世界难道还不够井然有序机械乏味吗？需要有犯傻的人啊，如果因此而被井然有序的人伤害的话，那就让伤害来吧，我不怕，你也不怕是吗，或许你还没意识到犯傻是在对抗这个井然有序的世界，但是没关系，我知道你也不怕的，不为什么，我就是知道你不怕，而且早晚有一天你也会知道这些道理。

后来你不怎么找我玩儿，我大概明白是为什么，像你这样的姑娘，男人对你来说有时候或许是个负担，想玩儿的话随便找谁都可以，至于那个祁老师嘛，想看演出了再约他吧。我当然也有点儿委屈，那几天写《探宝记》，心里很寂寞的，你可能不知道，写小说的时候要想很多事情，越想越寂寞，每次认真写点儿什么的时候，我都寂寞得要死，觉得这个世界终于又和我没关系了，从北戴河的岸边往黑黝黝的大海望过去，觉得这茫茫星空，真是空泛得要命啊。可你那会儿也不找我玩儿，我也知道为什么，所以觉得有点儿委屈，觉得堂堂祁老师，变成了这个比我表妹还小的姑娘的演出通票，妈的，我难道就缺姑娘陪我玩儿吗，放低一点儿标准的话，总还是有的嘛！但是一见到你就把这些都忘掉了，那天在青岛，周五的时候，我在火车站买票，你给我打电话时我听出了不自信，我爱死这不自信了，我当时就想，我得给这姑娘带点儿东西回去，我得让她知道我爱死她打电话时那不自信的语调了。自信的人都挺讨厌的其实，老觉得已经摸清了生活的法门似的，不自信的人才有可能了解世界，才有可能了解身边的人，只有不自信的人才有求知欲，才有渴望不是吗？

然后回北京约吃饭，吃完了我其实挺失望的，我觉得这姑娘恐怕还是想拿我当演出通票，你看她对我一点儿兴趣都没有，也不问我点儿什么，也不从我的话和表情里揣测什么，但是没什么，演出通票就演出通票吧，我不能还像以前那么孩子气了，人家姑娘挺不错的，想使点儿小手腕弄张演出通票，就让人家得逞嘛，你装装傻不就得了，何必那么斤斤计较呢。其实心里还是委屈的，觉得我这么寂寞，这么悲观厌世，都已经整整一个夏天没有成功恋爱了，都已经整整一个月没打过炮了，现在竟然还要被一个比我表妹还小的小姑娘要，算了，忍，一定要忍，人家也没做错什么，不喜欢你就是不喜欢你，人家想看演出你就带人家看。

我不知道你是什么时候喜欢上我的，我也不知道那天在糖果气氛怎么就一下子变好了，是因为什么呢？你告诉我吧。那天一见面，你累了，靠过来跟我抱怨今天刮大风还要陪“把自私写在脸上”的朋友玩儿，我就觉得或许我想多了，难道她真的对我有好感吗？那到底是因为什么呢？

直到那天在出租车上吻了你，我也不知道我是不是真的喜欢你，你知道，24 这年龄虽说不大，可是我经历过的事情或许比同龄人略多些，有点儿老了，没那么容易爱上一个人了，我甚至觉得，如果那天真的把你带回家的话，我能想象的就是两个人脱光了抱着，找个大被窝，特别暖和的那种，什么都不穿，抱着，抱累了就睡觉。第二天早晨起来我就会爱上你的，真的，这个我非常确定。

然后在音乐节第一天，我真高兴啊，太高兴了，那感觉就像是一个人走在空气清新的山间小路上，忽然从旁边的树林里蹦出一只高挑活泼的小鹿。小鹿围着我自己玩儿了一会儿，自己玩儿的时候眼睛小心翼翼地看着我，然后一股温柔的风吹过来，小鹿就被风吹到我身边来让我摸她的额头和身体，蹄子一脚踩在我的心上，踩碎了，小鹿把蹄子挪开，低头把碎成一块一块的心重新舔到一起，就是这么个感觉。你走了以后我就更想你了，在朝阳公园晒太阳，我多么希望这时候你在旁边啊，就像我跟你说过的，风一吹过嘴唇我就觉得你又在吻我了，向空气里一抓，就觉得能重新把你抱到怀里来，手指头上还留着你身上的香味呢，这时候你在我身边多好啊。

现在你知道我对你的感觉了吗？高挑活泼的小鹿，我觉得我已经有一点儿老了，我知道永远的事情永远不存在，我不想伤害你，绝对不想，如果有一天我们两个当中有一个人需要被伤害，那就让那个被伤害的人成为我，重新再说一遍，我爱你，这是你走了之后我才发现的。

我昨天就想买了机票去找你，控制了半天才控制住，我现在每天脑子里都在想你，真的，不止是给你发短信的时候，别的时候也在想你呢。

祁

无添加

无添加·青春原创精品馆

纯粹而无法复写 体验最新鲜的滋味

用最真挚的情感，捧出最炫动的文字。

最好看的故事，和最有趣的悄悄话。

最感伤的也是最深刻的，最决绝的也是最真实的。

青春的故事不会复写，没有杂质，充满欢笑和泪水。

通通收入我们最美好的记忆。

QINGNIAN YUANCHUANG SHUXI

“无添加·青年原创精品馆”

作品选自“青年原创推新工程”

北京市新闻出版局在北京市委宣传部的领导下，自2008年4月起实施“出版原创推新工程”，推出并启动了“青年写作爱好者作品征集出版”活动。全国各地青年写作者的作品纷至沓来。经专家委员会和出版单位反复审读，遴选出最优秀的国内原创作品。

飞吧，旧时光

作者：采采

定价：29.80元

- 飞是一种信仰，是魔力。
- 没有助跑、等待，渴望一跃腾空……
- 国内首部高考恢复后青春叛逆系小说。
- 北大教授曹文轩、导演贾樟柯感心共鸣推荐。

探宝记

作者：祁又一

定价：29.80元

- 时间能疗伤或许都是扯淡。
- 唯有杀死爱情，才能窥见生命之“宝”。
- 80后最具影响力乐评人、新晋导演、作家 7 年绝杀奉献。
- 高晓松、左小祖咒、徐静蕾、解玺璋、邱华栋联袂推荐。

入围作品

烟花夜不见不散

作者：项国托

- 日本女作家吉本芭娜娜说，生命是一个疗伤的过程。而我认为，青春是生命中最需要疗伤的一程……我希望多年以后，看看这些文字，仍然心存温暖。

  ——影像派实力作家 萌芽之星 项国托

- 如烟花般璀璨的爱，因为有了我们的约定就不会稍纵即逝。
- 末日后，最温暖的正能量文字。

我们结婚吧

作者：陈凌

- 他们说，爱就是要能包容对方的一切。
- 世界上有这么一个人，你觉得他是狗屎他就是狗屎，你觉得他是上帝他就是上帝，这个人对你而言是唯一。
- 以爱之名，我们结婚吧！

享阅读·精品文学馆

尽享阅读美意，品尝沉淀之味

雪狼湖

作者：钟伟民（香港）

定价：22元

- 张学友主演轰动华人世界音乐剧《雪狼湖》——原著小说首度问世大陆。
- 余光中、张小娴、董桥、彭浩翔、金庸、蔡澜联袂推荐。
- 香港最富诗意作家钟伟民先生作品首次大陆出版。
- 《雪狼湖》：这是一个传说，是一个只要你相信，便会看见的爱情传说。

花渡

作者：钟伟民（香港）

定价：29.80元

- “Fado”是葡国民谣，音译就是“花渡”。十八世纪，航海业兴盛，水手上了船，多半不知道目的地。他们漂泊无定，归家无期，唯有靠“Fado”舒解愁怀，寄托乡思。“‘Fado’拉丁文原意，就是‘命运’（Fate）。唱这歌的人，都在找岸……”赵小澜想这样告诉尾生，但眼泪，竟涔涔而下……